Peter Stamm

Auf ganz dünnem Eis

Erzählungen

S. FISCHER

Der Autor dankt der Kulturstiftung Pro Helvetia und der UBS Kulturstiftung für die Unterstützung seiner Arbeit.

MIX
Papier | Fördert gute Waldnutzung
FSC® C014496

Erschienen bei S. FISCHER

Hedderichstr. 114, 60596 Frankfurt am Main

Satz: Fotosatz Amann, Memmingen
Druck und Bindung: GGP Media GmbH, Pößneck
ISBN 978-3-10-397127-9

Kontaktadresse nach EU-Produktsicherheitsverordnung:
produktsicherheit@fischerverlage.de

Inhalt

Lieke schreibt …

Geblümte Vorhänge, dünn und ausgefranst, die Aussicht auf eine überwucherte Halde, ein schmales Bett, ein unbequemer Stuhl, an der Decke eine Sparlampe, die selbst für diesen winzigen Raum zu schwach ist. Es gibt keinen Kleiderhaken hinter der Tür, keinen Platz für Bücher oder Taschen. Auf dem Fenstersims steht ein schmutziger Aschenbecher, ein Tellerchen, auf dem ein See und Berge zu sehen sind, ein Trachtenmädchen, Titisee / Schw., steht darauf. Monteurzimmer, hatte die Frau am Telefon gesagt. Ich nehme es.

Bad und Küche teile ich mir mit vier anderen, die in den Nachbarzimmern hausen und wirklich Monteure sind, die bei Seepex Exzenterschneckenpumpen arbeiten oder bei MC-Bauchemie Müller, nette Leute, die nicht viel reden, keinen Lärm machen, die das Bad sauber hinterlassen. Ich höre am Morgen die Dusche, den Wasserkocher in der kleinen Küche, das Öffnen und Schließen von Türen, jemand pfeift leise eine Melodie. Ich fange erst am Mittag an, wenn ich aufstehe, sind die anderen schon weg, die Toilette und das Bad frei. Nur der Dampf in der Luft und der beschlagene Spiegel verraten, dass jemand heute früh hier gewesen ist. Ich öffne die kleine Luke, kühle Luft dringt herein. Draußen ist es bewölkt.

Ich habe mir ein gebrauchtes Rad gekauft. Wenn ich nicht unterwegs bin, steht es im Flur. Die Zimmerwirtin hat gemeckert, aber ich habe das mit meinen Mitbewohnern abgesprochen, es stört sie nicht. Sie sind mit Firmenwagen unterwegs, die nachts vor dem Haus stehen, machen eine Weiterbildung im Stammhaus ihrer Firma oder montieren eine neue Fertigungslinie. Die meisten bleiben nur eine oder zwei Wochen. Ich wohne schon seit zwei Monaten hier.

Die erste Abfahrt mache ich immer allein. Manchmal schließe ich die Augen für einige Sekunden, und es gelingt mir fast, mir einzubilden, ich sei in den Bergen. Es ist ein schneidend kalter Morgen, die Lifte wurden eben erst angestellt, noch kaum jemand ist unterwegs. Der Himmel ist schon blau, aber die Sonne ist noch nicht hinter den Bergen hervorgekommen. Der Schnee knirscht trocken unter meinen Skiern, während ich von der Seilbahnstation zum Anfang der Piste gleite. Dort stehe ich eine Weile an der Kante, bis die Sonne es über den Bergkamm schafft. Alles glänzt plötzlich blendend weiß. Ich fahre los, schwinge über den erst flachen, dann steiler werdenden Hang. Der Fahrtwind lässt meine Augen tränen, die Kälte brennt mir im Gesicht. Ich reiße die Augen auf, ich bin kurz vor der Kurve, ein weiter Schwung. Ich weiß genau, von wo aus ich laufen lassen muss, damit ich die kleine Steigung am Ende der Piste hochkomme. Die Ampel steht auf Grün. Eine Minute Abfahrt, fünf Minuten auf dem Förderband in diesem scheußlichen Tunnel. Die Deckenverkleidung ist an vielen Stellen von Skistöcken durchlöchert, an den Betonwänden sind Graffitis, Plakate für Veltins, Runter geht's von selbst. Aus den Lautsprechern tönt Oberkrainermusik und in regelmäßigen Abständen eine Durchsage auf Deutsch, Holländisch und Englisch, Bitte setzen Sie sich nicht auf das Förderband. In Neuss haben sie einen Sessellift, dafür ist unsere Piste doppelt so lang, die längste der Welt.

Oben beim Eingang wartet schon Carola mit meiner Gruppe, ein halbes Dutzend vollständig eingekleideter Holländer, die noch nie auf Skiern gestanden haben. Wie ist der Schnee?, fragt Carola. Nicht so toll. Vor ein paar Tagen ist die Kühlanlage ausgefallen, und es wird noch eine Weile dauern, bis die Halle wieder bei minus vier Grad ist. Na, wird schon gehen, sagt sie. Viel Spaß. Veel plezier.

Unter Currywurst habe ich mir immer etwas ganz anderes vorgestellt, eine Wurst, die nach Curry schmeckt. Keine Lust. Als ich sie dann doch einmal probierte, fand ich sie richtig gut, und seither esse ich bestimmt einmal in der Woche Currywurst. Das kulinarische Angebot hier ist allerdings ziemlich beschränkt. Es gibt Dutzende Dönerläden, ein Steakhouse, einige Cafés, aber sonst nicht viel. Die Deutschen scheinen mehr Döner zu essen als die Türken. Ich habe zugenommen, seit ich hier bin, bestimmt ein paar Kilo, aber das ist mir egal.

Die Holländer, vier Frauen und zwei Männer, arbeiten zusammen bei einem Gemüsegroßhändler. Sie sind mit einem Minibus aus Venlo gekommen, keine Stunde Fahrt. Wir sind Limburger, sagt einer der Männer, keine Holländer. Ist das nicht ein Käse? Ein Stinkekäse, sagt eine der Frauen und lacht. Ich weiß nicht, ob sie schon am Morgen auf der Hinfahrt getrunken haben, jedenfalls lachen sie etwas zu viel und zu laut und machen blöde Witze und anzügliche Bemerkungen. Vor allem eine der Frauen, Lieke. I like Lieke. Die anderen Namen habe ich gleich wieder vergessen. Ich weiß nicht, was man ihr über Skilehrer erzählt hat, jedenfalls nimmt sie mich bei jeder Gelegenheit beim Arm, hält sich an mir fest, lässt sich, wenn sie gestürzt ist, von mir aufhelfen und umarmt mich dann unbeholfen.

Nach nicht mal zwei Stunden auf dem Übungshang haben die Holländer genug. Jetzt wollen sie etwas essen, ist schließlich im Preis inbegriffen.

Auch die Getränke sind inbegriffen, sogar Bier und Wein. Es gibt eine Kantine für die Angestellten, aber manchmal begleite ich die Gäste ans Buffet. Das ist eigentlich nicht vorgesehen, es wird nur geduldet, ist ja eine Art Kundenbetreuung. Das Essen ist nicht schlecht, Currywurst, Frikadellen, Hähnchenkeule, Schwenkkartoffeln, Asia-Mischgemüse, Pommes frites. Die Rucksäcke müsst ihr in den Schließfächern lassen, sage ich. Warum das denn? Manche Leute sind mit Tupperware angekommen und haben Essen eingepackt. Holländer, aber das sage ich nicht.

Lieke hat sich nur Reis und Gemüse geschöpft. Sie ist Vegetarierin, erklärt sie mir und wird plötzlich ernst und erzählt von einem Film über Schweinemast, den sie kürzlich gesehen hat. Die armen Tiere, eingepfercht in engen Buchten, in Ställen ohne Tageslicht. Ich nehme trotzdem von der Currywurst. Lieke ist Teamleiterin Sorting and Packaging bei Eurofresh, hat Dutzende von Leuten unter sich. Sie ist ein bisschen rundlich, vielleicht sieht sie deshalb jünger aus, als sie ist. Vierzig, sagt sie. Die anderen lachen. Und du? Fünfunddreißig. Frischgemüse, sagt eine der Frauen auf Deutsch, kneift mich in den Arm und blinzelt mir zu.

Die Männer trinken Bier, die Frauen Weißweinschorle. Beim Essen reden sie Holländisch. Ich verstehe inzwischen einiges und kann sogar ein paar

Worte sprechen, langsam, links, rechts, Achtung!, gut gemacht. Goed gedaan! Aber sie reden so schnell, dass ich nicht folgen kann, worum es geht. Lieke hat sich mir gegenübergesetzt, und manchmal merke ich, dass sie mich beobachtet, aber wenn ich sie anschaue, wendet sie schnell den Blick ab und fällt den anderen ins Wort, erzählt irgendetwas. Was ist weiß und stört beim Essen?, fragt sie auf Deutsch mit einem ziemlich starken, kehligen Akzent. Eine Lawine! Die anderen lachen ausgelassen.

Jetzt reden plötzlich alle Deutsch, sogar ziemlich gut und flüssig. Sie stellen mir Fragen. Woher ich komme? Wie ich hier gestrandet bin? Ein Schweizer Skilehrer im Ruhrgebiet? Wurdest du strafversetzt? Ich habe mir Antworten zurechtgelegt, die nicht falsch sind, aber auch nicht die ganze Wahrheit. Frauen fliegen auf Skilehrer, sagt Lieke etwas zusammenhangslos. Nur du, sagt einer der Männer, und die anderen lachen. Wer will noch ein Bier? Trinkt nicht zu viel, sage ich, nach dem Essen fahren wir bis ganz runter, da wird es steiler.

Jetzt reden sie wieder Holländisch, ich glaube, es geht um Tätowierungen, jedenfalls entblößt einer der Männer seinen Oberarm und zeigt auf eine Tätowierung von einem Anker und einer Windrose, die kunstvoll ineinander verschlungen sind. Der Anker steht für Vertrauen, für Zuversicht, das habe ich mal irgendwo gelesen. Und die Windrose? Für den Aufbruch? Die Andern sind das weite Meer. Du aber bist der Hafen …

Ich ziehe meine Zigaretten heraus und stehe auf. Lieke sagt, sie komme mit.

Als es Anfang Juni warm wird, stehe ich früher auf. Mein Zimmer geht nach Südosten und heizt sich am Morgen schnell auf. Jetzt treffe ich manchmal die Monteure, die in der kleinen Küche frühstücken. Vor ein paar Tagen sind zwei abgereist, und zwei neue sind gekommen, die ich noch nicht kennengelernt hatte. Sie sind Schreiner und machen den Innenausbau im Café im EDEKA Frischecenter beim Bahnhof, da war ich auch schon. Während ich auf den Wasserkocher warte, ziehen sie los.

Auf dem Küchentisch liegen zwei Briefe für mich, einer von meinem Anwalt, der andere von meiner Schwester. Nach der Einvernahme bin ich einfach losgefahren. Nur weg, so weit weg wie möglich. Und irgendwann bin ich dann hier gelandet.

Meine Schwester schreibt lang und breit über die Familie, was die Kinder machen, der Kleine kommt im Herbst in den Kindergarten, meine Patentochter in die zweite Klasse. Du denkst an ihren Geburtstag? Es wäre nicht das erste Mal, dass ich ihn vergesse. Sie schreibt, dass sie in den Sommerferien in die Dolomiten fahren. Sie würde gern mal Ferien am Meer machen, aber Iso, ihr Mann, ist Bergführer und im Winter Skilehrer und verrückt nach Bergen. Dann kommt sie auf mich zu sprechen. Sie schreibt in jedem Brief das Gleiche, das hätte jedem passieren können, die Frau sei genauso schuld wie ich, sie habe sich fahrlässig verhalten. Niemand gebe mir die Schuld, sie habe mit dem und jenem gesprochen. Iso lasse mir ausrichten, ich könne im Winter wieder in der Skischule anfangen. Ich stecke den Brief zurück in den Umschlag, ohne ihn zu Ende zu lesen. Den vom Anwalt werde ich später anschauen.

Ich nehme den Kaffee mit auf mein Zimmer. Während ich trinke, surfe ich im Internet, schaue mir Nachrichtenseiten an und ein paar YouTube-Videos der Falquet-Brüder. Ich habe die beiden mal kennengelernt bei einem Sponsorenanlass, nette Kerle, die ihre Sache durchziehen und weniger Stuss reden als die meisten in diesem Business. Sie filmen sich dabei, wie sie Steilhänge runterrasen, über Felsen springen, die waghalsigsten Sprünge, nur die Musik nervt. Ich liebe die Geräusche des Schnees und auch diese absolute Stille, wenn man still steht, sich nicht bewegt. Dann halte ich den Atem an, um das Nichts zu hören. Eine Fahrt durch einen tief verschneiten Wald in Japan, ein Slalom zwischen kleinen, dicht stehenden Bäumchen, stiebender Schnee, manchmal ist kaum mehr etwas zu erkennen, nur Weiß.

Ich radle zum Freibad. Die Kasse ist nicht besetzt, auch gut, drei Euro gespart. Das Gelände ist fast menschenleer, auf der Wiese verstreut sitzen hier und da Mütter mit kleinen Kindern, dicke braungebrannte Männer in Speedos auf Liegestühlen. Im großen Becken bringen zwei junge Frauen Kindern das Schwimmen bei. Bauch hoch! Strampeln! Die Kinder tun mir leid, ich weiß nicht, warum. Sie scheinen Spaß zu haben. Ich hatte auch schon Kindergruppen in der Skihalle, auch die hatten Spaß, auch die taten mir leid. Eigentlich tun mir alle Kinder leid. Als ich das mal meiner Ex-Freundin sagte, meinte sie, du tust dir selber leid.

Ich sitze am Beckenrand, lasse die Füße im Wasser baumeln. Das helle Rauschen des Windes in den Ahornbäumen, das dunkle Schwappen des Wassers in der Ablaufrinne. Die Sonne kommt und geht mit den Wolken. Sommer ist überall sonst.

Ich schwimme ein paar Bahnen, am Anfang zähle ich noch mit, dann lasse ich es. Auf der Wiese neben dem Becken steht das Gerippe eines Zehnmeterturms, hier muss mal ein Sprungbecken gewesen sein. Ich liege im Gras und schließe die Augen. In der Entfernung kreischen die Kinder, und die jungen Frauen rufen immer noch ihre Kommandos. Bauch hoch! Strampeln! Ich stelle mir vor, wie ich auf den Turm klettere. Nach einer Weile bemerkt mich der Bademeister, er bläst in seine Trillerpfeife, rudert mit den Armen, ich steige höher, bis zur obersten Plattform, die nur noch aus rostigen Eisenträgern besteht. Ich balanciere auf den Trägern, halte mich am Geländer fest. Jetzt stehe ich ganz vorn, schaue hinunter auf die Mütter, die dicken Männer, die Kinder, die nichts bemerkt haben und ihre Bahnen schwimmen, den Bademeister, der aufgehört hat zu gestikulieren und nur noch gebannt zu mir hochschaut. Ich lasse das Geländer los, breite die Arme aus. Ich fliege.

Auf dem Weg zur Skihalle meldet mein Handy den Eingang einer Nachricht. Ich lese sie, als ich an einer Ampel warten muss. Lieke hat geschrieben. It's just another manic Monday (Woah, woah)! Ich stecke das Handy ein und radle weiter. Unterwegs kommt eine zweite Nachricht. Ich lese sie erst, nachdem ich mich umgezogen habe. I wish it was Sunday (Woah, woah)! Ich hätte ihr meine Handynummer nicht geben sollen.

Wir standen auf der Terrasse und rauchten. Das heißt, sie dampfte mit einem dieser Geräte, der Dampf roch süßlich fruchtig und ziemlich ekelhaft. Hast du gewusst, dass die Niederlande weltweit der zweitgrößte Exporteur von Schweinefleisch sind? Nein, das habe ich nicht gewusst. Ich weiß sowieso ziemlich wenig über Schweineexport. Und über die Niederlande. Lieke lachte und blies mir eine

Dampfwolke ins Gesicht. Es gibt fünf Millionen Mastschweine in den Niederlanden, stell dir vor, ein Schwein auf drei Personen. Ich esse weniger Fleisch als früher, sagte ich. Und dafür mehr Currywurst?, sagte sie. Alle behaupten, sie äßen weniger Fleisch, aber der Konsum geht trotzdem nicht zurück. Mir tun die Schweine einfach leid, wie die leben müssen. Vielleicht tust du dir selber leid, dachte ich und musste grinsen. Sie schlug mir mit der flachen Hand sanft gegen die Brust. Lach mich nur aus. Wir rauchten schweigend weiter. Sie schaute mit zusammengekniffenen Augen rüber zum Tetraeder, der über dem Wald zu schweben schien.

Lieke hatte etwas Farbloses, bleiche Haut, hellblaue Augen, dünnes blondes Haar, das sie zu einem Pferdeschwanz gebunden hatte. Sogar ihr T-Shirt war blass und verwaschen, Eurofresh – Frische ist unser Geschäft. Sie war kräftig gebaut, nicht groß und ziemlich kompakt mit beeindruckendem Busen. Als sie sich an mir festgehalten hatte, hatte ich gespürt, dass sie zupacken konnte. Ich war mir nicht sicher, ob sie mir gefiel. Ihre direkte Art stieß mich zugleich ab und zog mich an. Aber jetzt, wo wir nur zu zweit waren, war sie viel zurückhaltender, leiser, empfindlicher. Ich drückte meine Zigarette aus. Sie fragte, ob ich Tattoos hätte. Nein, sagte ich, und du? Keins, das ich dir zeigen könnte, sagte sie und lachte, jedenfalls nicht hier. Dann bat sie mich um meine

Handynummer. Ich war zu überrumpelt, um sie ihr nicht zu geben.

Have a nice week, schreibe ich zurück. Ich weiß nicht, warum ich Englisch schreibe, sie versteht ja Deutsch. Vielleicht um sie auf Distanz zu halten? Kaum habe ich die Mitteilung abgeschickt und das Handy eingesteckt, kommt wieder eine Nachricht, aber ich habe jetzt keine Zeit, ich bin ohnehin spät dran.

Ich mache meine erste Abfahrt allein, schließe die Augen. Ich bin in den Bergen, ein kalter Morgen, die Sonne steigt über den Kamm. Ich bin allein, der Schnee knirscht unter meinen Schwüngen. Die Piste verengt sich, führt in weiten Kurven um einige Kuppen, wir nennen die Stelle die Autobahn. Die Sonne blendet mich, ich habe Tränen in den Augen. Da steht sie mitten in der Piste hinter einem Buckel, unmöglich zu sehen.

Abends ist nicht viel los in der Innenstadt. Es gibt ein Kino, das Filmforum, aber die zeigen nur Filme, die ich mir nicht anschauen will, Filme über Leute, die noch mehr Probleme haben als ich. In Oberhausen und Essen gibt es große Kinos, aber das ist mir zu weit. Ich habe mir das Programm der Volkshochschule angeschaut, aber die meisten Kurse finden in der zweiten Wochenhälfte am frühen Abend statt, da arbeite ich. Ich habe mich dann für einen

Kurs im Tastaturschreiben angemeldet, das kann man immer brauchen. Zehn Montagabende im Berufskolleg, einem imposanten Gebäude aus dunklem Backstein.

Ich hatte gehofft, im Kurs Leute meines Alters zu treffen, aber die meisten Teilnehmer sind Frauen, deren Kinder aus dem Haus sind und die eine Stelle in einem Büro annehmen wollen, auch ein paar Handwerker sind dabei, ein Maurer, der wegen Rückenproblemen nicht mehr auf dem Bau arbeiten kann. Wir reden nicht viel miteinander, nur in der Kaffeepause wechseln wir ein paar Worte.

Unsere Lehrerin hat einen türkischen Namen, aber sie spricht akzentfrei Deutsch. Sie trägt immer dasselbe Kostüm, das aussieht wie aus den fünfziger Jahren. Am Anfang der Stunde stellt sie ihre Handtasche vor sich auf den Tisch, es sieht aus, als verstecke sie sich dahinter. Erst üben wir nur mit sinnlosen Buchstabengruppen, vfvf mjmj jmjm fvfv. Gegen Ende des Kurses legt sie uns seltsame Übungstexte vor, Die Sandwich-Inseln von Reinhold Anrep-Elmpt, Die Falkner vom Falkenhof von Eufemia von Adlersfeld-Ballestrem. Immer dunkler und dunkler wurde der Horizont, nur bisweilen schauerlich von schnellen Blitzen erleuchtet.

Wenn der Kurs zu Ende ist, verschwinden die anderen in alle Himmelsrichtungen. Ich sitze auf der Treppe vor dem Berufskolleg, rauche eine Zigarette und weiß nicht wohin. Ich könnte einen Kollegen oder eine Kollegin aus der Skihalle anrufen, fragen, ob sie Lust auf ein Bier haben, aber die meisten sind verwurzelt hier und bewegen sich in ihren eigenen Kreisen, haben Freunde von früher, leben in Beziehungen. Und wir sehen uns ja ohnehin schon fünf Tage die Woche. Mit einigen kann ich sowieso nicht viel anfangen. Zwei, die wie Brüder aussehen, überbieten sich immer mit ihren Heldengeschichten über waghalsige Abfahrten, die sie gemacht haben, und diskutieren endlos über die perfekte Ausrüstung und das Präparieren der Skier. Niemand will das hören, aber das scheint sie nicht zu stören. Einer der beiden muss mich mit Lieke beim Rauchen gesehen haben, seither macht er dauernd dumme Bemerkungen. Bisschen alt für dich. Fährst du nach Venlo nach der Arbeit? Auf alten Pfannen lernt man kochen. Am besten verstehe ich mich mit Volker, aber der ist über sechzig und hat bestimmt Besseres zu tun, als mit mir durch die Kneipen zu ziehen.

Ich fahre mit dem Rad im Schritttempo durch die Innenstadt. Die Stadt hat mehr als hunderttausend Einwohner. Wo sind nur all die Leute? Ich schaue mir die gebrauchten Kameras im Fenster eines Fotogeschäfts an, schöne alte Apparate, aber wer braucht die heute noch? Ich mache überhaupt nie Fotos, nicht mal mit meinem Handy. Ich wüsste nicht, wem ich sie schicken sollte. Als es dämmert, fahre ich zurück zu meiner Unterkunft, unterwegs kaufe ich mir an einer Tankstelle einen Hot Dog und einen Sixpack Bier. Veltins, Runter geht's von selbst.

Einmal, als ich an einem freien Tag eine Radtour entlang der Emscher mache, ist die Luft plötzlich voller weißer Flocken. Sie schweben durch die Luft, manchmal dichter, manchmal nur vereinzelt, sie fallen und steigen wie in sanften Wellen, es sieht aus, als schneie es mitten im Sommer. Ich halte an und betrachte das Schauspiel, das nicht aufhören will. Unter den Bäumen am Fluss haben die Flocken eine dünne, flauschige Schicht gebildet. Mir ist ein wenig schwindlig von der Bewegung in der Luft. Ich lehne mein Fahrrad an einen Baum und setze mich auf den Boden mitten in die weißen Flocken. Ich lege mich hin, schaue in den Himmel. Da denke ich zum ersten Mal daran, dass ich hier bleiben könnte in dieser absurden Landschaft ohne Struktur und ohne Ordnung, weit weg von den Bergen, von meinen alten Freunden, meiner Familie, von allem, was geschehen ist. Ich fange neu an, miete eine Wohnung, finde eine Freundin, einen besseren Job.

Ich werde dem abgekürzten Verfahren zustimmen, das Urteil akzeptieren, meine Schuld und meine Strafe. Mit größter Wahrscheinlichkeit werde die Strafe bedingt ausfallen, hat mein Anwalt geschrieben. Kein Gericht kann mich härter verurteilen als ich mich selbst.

Ich fahre mit Lieke die Piste hinunter. Ich bin voraus, warte unten auf sie. Sie ist die Steigung nicht hochgekommen und müht sich im V-Schritt ab. Ich strecke ihr meinen Stock hin und ziehe sie das letzte Stück zu mir. Sie lacht mich an, ihr Lachen macht sie schön. Wir umarmen uns. Durch den wattierten Skianzug spüre ich ihren Körper, sie atmet kräftig, ihr Busen hebt und senkt sich. Auf dem Förderband drehe ich mich immer wieder nach ihr um, sie winkt wie ein kleines Kind. Willst du noch eine Abfahrt machen?, frage ich, als wir oben sind. Sie schüttelt den Kopf und flüstert mir etwas ins Ohr. Sie lacht.

Ich ziehe mein Handy heraus, öffne den Chat mit Lieke. Ich hatte ihr nie auf ihre letzte Nachricht geantwortet. Time for a drink? Sure, schreibe ich, why not? Und dann: Wann du willst. Ich habe heute und morgen frei. Es wäre schön, dich zu sehen. Ich kenne niemanden hier, schreibe ich, es ist alles ein bisschen kompliziert. Ich mache ein Foto vom Pappelflaum und schicke es hinterher. Hier schneit es, schreibe ich. Ich starre auf den Bildschirm. Unter Liekes Name steht: Zuletzt online heute 05.34. Dann werden die Häkchen neben meinen Nachrichten blau, und unter Liekes Name steht: online. Mein Herz beginnt stärker zu schlagen. Auf dem Display steht: Lieke schreibt …

Auf dünnem Eis I

Mein Name ist Anna Meisterhans.

So heißt doch niemand, sagt Manuel.

Ich habe starke Rückenschmerzen hier im Kreuz, sage ich und lege eine Hand auf mein Kreuz, hier, etwas links, stechende Schmerzen.

Auf einer Skala von eins bis zehn?, fragt Manuel.

Sechs, nein, sieben.

Er tippt auf seinem Handy herum.

Seit ungefähr einem Monat habe ich die Schmerzen, sage ich. Mein Mann, Georg, leitet eine Filiale der Raiffeisenbank.

Was hat das denn damit zu tun?, fragt Manuel.

Wir haben ein Einfamilienhaus in Altnau, sage ich, nicht weit vom See.

Er ist zu mir getreten, legt eine Hand auf meinen Hintern und küsst mich auf den Mund. Dein Mann ist mir egal. Da tut es weh? Finger weg, sage ich. Weiter oben. Und du?, fragt er. Was arbeitest du? Ich kümmere mich um … ich bin Hausfrau. Und Mutter. Ich gehe in meiner Rolle als Mutter auf. Manuel schüttelt den Kopf. Das sagt doch niemand.

Ich bin harmoniebedürftig, sage ich. Er hat mich losgelassen und schaut mich kritisch an. Wie viele Kinder hast du? Zwei, sage ich, ich hatte zwei Kinder. Sylvie ist sechs, und Lauro wäre jetzt acht. Wäre?, fragt er. Im See ertrunken, sage ich, vor zwei Monaten.

Sag nicht solche schrecklichen Sachen, sagt Manuel. Damit spaßt man nicht. Das ist kein Spaß, sage ich, das ist mein Job. Willst du noch einen Kaffee?

Ich lasse mir einen Kaffee aus der Maschine. Deinem Po würde ich auf einer Skala von eins bis zehn glatt eine zehn geben, sagt Manuel. Während ich meinen Kaffee trinke, tippt er auf seinem Handy herum. Durchschnittlich fünfundsechzig Leute ertrinken in der Schweiz jedes Jahr, sagt er, davon zwölf Kinder. Bei Unfällen von Kindern ist Ertrinken die zweithäufigste Todesursache. Vielen Dank für die Anteilnahme, sage ich. Ich muss los, sagt er, ich bin heute Abend nicht zu Hause. Chorprobe, es könnte spät werden. Das Oratorium ist richtig schwierig. Jauchzet, frohlocket, auf, preiset die Tage.

Vielleicht gehe ich ins Kino, sage ich.

Das kann man sich gar nicht vorstellen, sagt er, während er die Schuhe anzieht, das mit dem Jungen. Man will es sich nicht vorstellen. Wer denkt sich so was aus? Und ist weg. Früher hat er mich geküsst, wenn er zur Arbeit ging.

Ich weiß nicht, woran es liegt, aber man sieht dem See das Hochwasser an. Nicht nur an den Ufern, wo die Bäume im Wasser stehen und es an manchen Stellen schon die Wiesen und Radwege überflutet, auch wenn man ihn aus der Ferne betrachtet, von unserem Balkon aus. Obwohl er nur etwas mehr als einen Meter über dem Pegelnull steht, hat er jetzt etwas Bedrohliches, er ruht nicht mehr in der Landschaft, sondern wirkt angespannt, wie wenn man ein Glas bis oben füllt und das Wasser sich über den Rand wölbt. Der Aschenbecher ist auch randvoll, aber wenn ich den jetzt in den Müll kippe, stinkt nachher die ganze Wohnung, und Manuel wird wieder meckern. Ich mache das immer erst am Tag der Müllabfuhr.

Wochenlang hat es geregnet und war kalt. Wenn ich zum Rauchen auf den Balkon ging, blies mir der Wind um die Ohren, der mich frösteln ließ, obwohl schon Juni war. Vor einigen Tagen ist es wärmer geworden, aber der Himmel ist immer noch bedeckt, und von Zeit zu Zeit gehen heftige Gewitter nieder. Dann schüttet es wie aus Kübeln, es blitzt, und der Donner kracht laut wie Explosionen. So stelle ich mir die Tropen vor, warm, feucht, ein wolkenverhangener Himmel, plötzliche Unwetter. Und eine seltsam erwartungsvolle Stimmung. Irgendwo schnattern Enten. Es droht eine Mückenplage. Am Wochenende soll es wieder regnen.

In der Gemeinde herrscht eine seltsame Mischung aus Fatalismus und Euphorie. Alle reden über das Hochwasser, auf der Straße, im Lebensmittelladen, im Krankenhaus. Die Leute erzählen von Jahren, in denen es noch höher stand, vom Jahrhunderthochwasser vor fünfundzwanzig Jahren, als in einigen Gemeinden die Straßen wochenlang überflutet gewesen seien und Stege gebaut wurden, damit die Leute überhaupt noch zu ihren Häusern kamen. Ich kann mich nicht daran erinnern, da war ich fünf und wohnte noch nicht am See. Ich kann mich an schneereiche Winter in meiner Kindheit erinnern, aber nicht an nasse Sommer.

Ich muss erst am Nachmittag arbeiten, um vierzehn Uhr muss ich da sein, eher Viertel vor. Ich schaue mir die Babygalerie des Krankenhauses an. Was für andere Katzenvideos auf Instagram sind, ist für mich die Babygalerie. Täglich kommen neue Kinder hinzu, gestern wurde nur Kaia Lou geboren, vorgestern, am Sonntag, Joris Loick, Duana, Elias, Enea, Erelia, Aron, Kira, Zoey Sophia und Amina, am Samstag Juna, Noah Fabian, Helin, Eleyna und Lino. Die Hälfte der Kinder heißt inzwischen wie Protagonisten in Science-Fiction-Filmen. In der Stadt nennen die Leute ihre Kinder wieder Max und Karl und Emma, aber hier, auf dem Land …

Die Mädchennamen sind rosa, die Namen der Jungs hellblau. Klickt man auf eines der Bilder, erscheint das Foto größer, Datum und Uhrzeit der Geburt und Größe und Gewicht des Babys werden angezeigt. Kaum geboren, schon im Internet. Wie groß und schwer ich wohl war? Schwer, das weiß ich, das hat meine Mutter immer erzählt. Schweres Kind, schwere Geburt. Ob meine Eltern die Geburtsanzeige aufbewahrt haben? Irgendwo in einer Schublade muss sie stecken, zusammen mit abgelaufenen Pässen, Impfausweisen, Primarschulzeugnissen, Büroklammern, ausgetrockneten Kugelschreibern. Aber möchte ich sie sehen? Diese Botschaft der jungen Eltern an die Welt: So heißt unser Kind, so sieht es aus, so groß ist es, so schwer, wir sind glücklich. Vielleicht noch mit einer Gedichtzeile? Wenn ein Stern vom Himmel fällt, erblickt ein Kind das Licht der Welt? Ich glaube, ich hätte ein wenig Angst davor, diesem Zwerg, der ich mal war, in die Augen zu schauen. Das habe ich, das hast du aus deinem Leben gemacht.

Ich kann mir nicht vorstellen, wie es ist, ein Kind durch einen Unfall zu verlieren. Ich kann mir noch nicht einmal vorstellen, wie es ist, ein Kind zu haben. Will ich eins? Manuel und ich weichen dem Thema aus, ich vielleicht noch entschlossener als er. Ich war immer gut im Aussitzen von Problemen. Aber ist Kinder kriegen ein Problem?

Ich schaue das Skript noch einmal durch. Ich bin achtunddreißig, war ursprünglich Bibliothekarin, habe den Beruf der Kinder wegen aufgegeben. Ich bin adrett, eher sportlich als modisch gekleidet. Wir haben ein kleines Einfamilienhaus mit Garten. Meine Hobbys waren früher Gartenarbeit, Yoga, Walken mit einer Freundin, Kochen. Die Nachbarn haben meinen Garten bewundert, die Päonien und die Stockrosen. Die Sonnenblumen im Spätsommer. Ich habe gern gebastelt mit den Kindern. Jetzt mache ich gar nichts mehr. Ich habe Schlafstörungen, meine Hausärztin hat mir deswegen ein Schlafmittel verschrieben, etwas Pflanzliches. Anna Meisterhans. Sie bewegt sich auf ganz dünnem Eis, steht da.

Ich stehe im Garten, die Pendelhacke in der Hand, der Sitzplatz ist von Unkraut überwuchert, aber ich kann mich zu nichts überwinden, starre auf den nassen Kies. Ich höre die Haustür nicht, plötzlich steht Georg neben mir, legt mir eine Hand auf die Schulter. Früher haben wir uns geküsst, wenn er zur Arbeit ging oder von der Arbeit kam, aber im Moment ertrage ich die Nähe nicht, und er akzeptiert es. Oder ist er es, der die Nähe nicht erträgt? Nachts liegen wir nebeneinander im Bett wie zwei aufgebahrte Leichen. Dann stelle ich mir vor, wie er mich nimmt mit Gewalt. Er hält mich fest, schiebt mein Nachthemd hoch, reißt mir den Slip runter und fickt mich hart. Ich höre sein Keuchen nah an meinem Ohr, wir sind wie Tiere, bewusstlos, wir denken nicht an gestern und an morgen. Dann kommt er, es klingt wie ein Schluchzen. Es wäre eine Erlösung für uns beide.

Ich bin schuld an Lauros Tod. Georg sagt es nicht, denkt es vielleicht noch nicht mal. Aber ich denke es, denke seit Wochen an nichts anderes. Hätte ich ihn nicht gehen lassen, wäre ich mit ihm gegangen. Ich war gerade dabei, die trockenen Blütenstände der Hortensien zu schneiden, und wollte mit der Arbeit fertig werden vor dem Regen. Er war ja nicht zum ersten Mal allein am See. Und er konnte gut schwimmen, war eine richtige Wasserratte. Vermutlich ist er ausgerutscht, sagte der Polizist, der mir die Nachricht überbrachte, unglücklich gefallen. Er hatte keine äußeren Verletzungen, aber der See hatte nur zehn Grad, der Schock, vielleicht hat er Wasser geschluckt.

An diese ersten Tage nach dem Unglück möchte ich nicht denken, ich kann sie mir nicht vorstellen. Dass ich schuld bin, habe ich erst später gedacht. Ich weiß nicht, ob ich jemals wieder im See baden kann.

Wir essen schweigend in der Küche, im Stehen, Brot, Käse, was gerade da ist. Wir reden nicht. Ich kann Georgs Kaugeräusche hören, er würgt das Essen hinunter. Wir essen nur, um zu überleben.

Ich schnippe die Zigarette über die Balkonbrüstung, zupfe ein wenig an den Topfpflanzen herum.

Ich kümmere mich viel zu wenig um sie, merke es immer erst im letzten Moment, wenn sie kurz vor dem Krepieren sind, und päppele sie dann wieder hoch. Sie überleben gerade so, aber die Spuren der Vernachlässigung kann man deutlich sehen, vertrocknete Zweige, der kümmerliche, unregelmäßige Wuchs. Pflanzen brauchen eine Verbindung zum Erdboden, die gehören nicht in Töpfe. Wir haben sie in der Euphorie des Einzugs gekauft und gepflanzt, sie gehörten zum Bild, das wir uns von unserem Leben machten, ein Bild wie aus einem IKEA-Katalog, lachende junge Menschen frühstücken auf dem Balkon, umgeben von Pflanzen auf dem Blumenständer Alpvide, im Blumenkasten Hattholmen oder Askholmen. Aber weder Manuel noch ich haben einen grünen Daumen, ich kann nicht mal sagen, dass ich Pflanzen besonders mag. Na ja, Sonnenblumen schon, Stockrosen, Päonien. Strandflieder? Jedenfalls mag ich keine halb verkümmerten Topfpflanzen.

Anna kleidet sich sportlich. Das ist nicht schwierig. Ich ziehe eine blau-weiß gestreifte Caprihose an, dazu eine ärmellose Bluse aus weißem Leinen. Meine Oberarme sind auch nicht mehr, was sie mal waren, irgendwie schwabbelig. Aber für Krafttraining bin ich zu faul. Die Haare binde ich zu einem Pferdeschwanz, keine Schminke, kein Schmuck. Sehe ich zu adrett aus für eine trauernde Frau? Ich esse eine Kleinigkeit, dann, viel zu früh, mache ich mich auf den Weg.

Die Briefträgerin steht vor den Briefkästen und verteilt die Post. Ich schaue ihr dabei zu, sie ignoriert mich. Sie kennt mich nicht, wirft unsere Post wie die der anderen ins entsprechende Fach. Als sie sich mit einem beiläufigen Gruß verabschiedet hat, öffne ich das Fach. Das Mitteilungsblatt der katholischen Kirche und ein Brief von der Theaterproduktion. Er kommt zu früh, ich weiß, was das zu bedeuten hat. Ich stecke die Post in meine Tasche und gehe los den Berg hinunter.

Die Seestraße entlang wäre der kürzeste Weg, aber ich gehe meist unter der Bahn hindurch und über das Gelände der Psychiatrischen Klinik am See. Das ist auch nicht viel weiter, und ich mag die alten Bäume da und die Stimmung. Die wenigen Menschen grüßen betont freundlich, als wollten sie sagen, keine Angst, ich tue dir nichts, ich bin nicht verrückt. Wenn man schnell genug geht, halten die Leute einen für eine Angestellte, eine Ärztin oder Pflegerin oder wenigstens für eine Besucherin. Es ist gerade eins vorbei. Ich gehe über eine frisch gemähte Wiese, das Gras liegt noch zum Trocknen da. Das wird wohl heute nichts mehr, es sieht schon wieder nach Regen aus. Nah am Wasser ist die Wiese überschwemmt, ein paar Blesshühner tummeln sich in der Lache. Direkt am Ufer steht eine gelbe Bank, ich setze mich und schaue hinaus auf den See. Er ist dunkelgrün, so dunkel habe ich ihn noch nie gesehen. Ein paar Segelboote sind unterwegs, die Segel flattern unentschlossen im wenigen Wind.

Ich blättere durch das Heftchen des Pfarramts. Fußball als Mittel zur Selbstbestimmung, Meine Familie – unersetzlich, Himmlische Wahrheiten. Hinten im Heft sind Bilder von einer Taufe, Gruppenbilder von Kindern nach der Erstkommunion, Engelchen in weißen Nachthemden, von Jugendlichen nach der Firmung, zu meiner Zeit hat man sich noch nicht so aufgebrezelt. Gleich darunter ist ein Bild vom Ausflug der Senioren auf die Lenzerheide, wo sie beim gemütlichen Beisammensein das Mittagessen genießen konnten. Von der Wiege bis zur Bahre im Schoß der Kirche. Ich sollte endlich austreten aus diesem Verein.

Eine Frau setzt sich grußlos neben mich auf die Bank. Ich sehe sie nur aus den Augenwinkeln, sie scheint etwas älter zu sein als ich. Sie sieht nicht wie eine Angestellte aus, dafür ist sie zu schick angezogen, auch nicht wie eine Patientin. Aber was weiß ich schon, wie Patientinnen in Psychiatrischen Kliniken aussehen. Vielleicht besucht sie jemanden. Ihren Mann, er ist depressiv, hat eine bipolare Störung. Vielleicht ist er Alkoholiker oder Exhibitionist und wurde zwangseingewiesen. Wir sitzen eine

Weile lang still nebeneinander, es ist eine seltsame Spannung in der Luft. Will sie, dass ich verschwinde, ihr den Platz überlasse? Will sie, dass ich sie anspreche? Nach einer Weile stehe ich auf, murmle einen Gruß und gehe. Erst als ich mich im Weggehen noch einmal nach ihr umdrehe, fallen mir ihre hängenden Schultern auf, es wirkt, als würde sie von etwas niedergedrückt, als trage sie eine schwere Last. Vielleicht ist sie doch Patientin. Vielleicht hatte sie eine schwere Kindheit oder hat einen bösen Mann, vielleicht hat sie ein Kind verloren wie Anna Meisterhans.

Georg ist ein guter Mann. Aber was kann er schon tun? Reden mit mir? Was soll er denn sagen? Du bist nicht schuld? Das hätte auch mir passieren können? Vielleicht müssen wir einfach abwarten, hoffen, dass es besser wird, dass die Trauer vorbeigeht. Aber ich will nicht, dass die Trauer vorbeigeht. Ich bin Anna Meisterhans, ich lasse die Schultern hängen, ich trage eine schwere Last. Ich rede leise, antworte zögernd auf Fragen, meide den Blickkontakt, wirke abwesend. Meine Bewegungen sind leicht verlangsamt, fahrig. Ich schlurfe durch den Park der Psychiatrischen Klinik, am Empfang vorbei und unter der Bahnlinie hindurch zum Krankenhaus.

Die Luft ist schwül, obwohl ich langsam gegangen bin, bin ich verschwitzt. Vor dem Gebäude rauche ich eine letzte Zigarette. Neben mir raucht ein

Mann mit einem Infusionsbeutel auf einem Rollständer. Ich reiße den Brief der Theaterproduktion auf, überfliege den Inhalt. Da nun die Besetzung steht, muss ich dir leider für die Mitwirkung eine Absage aussprechen. Das wird dich vielleicht schmerzen, aber es ist nicht gegen dich oder dein Können gerichtet. Nichts für ungut.

War ja klar. Ich hätte die Rolle gerne gekriegt, aber ich bin viel zu alt für Wendla. Ich hatte mir extra Zöpfe geflochten, um jünger auszusehen. Aber vierzehn? Ich schäme mich vor mir selbst. Ich bitte dich, Mutter, sprich! Schilt mich nicht, dass ich so etwas frage. Gib mir Antwort – wie geht es zu? – wie kommt das alles? – Du kannst doch im Ernst nicht verlangen, dass ich bei meinen vierzehn Jahren noch an den Storch glaube!

Es Manuel zu erzählen wird fast noch schlimmer sein, als es selbst zu ertragen. Am liebsten würde ich es einfach vergessen. Ich war nicht beim Vorsprechen, ich habe die Rolle nie gewollt. Aber er wird tagelang darüber reden wollen, immer wieder. Sein Mitleid, seine tröstenden Worte, seine Ermunterungen, sein bedingungsloses Vertrauen in mein Talent. Wenn ich Vorsprechen hatte, begleitete er mich manchmal, ließ mir danach keine Ruhe. Ist es gut gegangen? Meinst du, du hast eine Chance auf die Stelle? Er malte sich aus, wie es wäre, mit mir in Heidelberg zu wohnen, in Bochum oder Kiel. Und nach jeder Absage wollte er mit mir diskutieren, was schiefgegangen war, ob ich die falschen Texte ausgewählt hätte. Jedes Jahr bewarb ich mich wieder, bei noch kleineren Häusern, noch bescheideneren Produktionen, jedes Jahr fieberte er mit, und seine Enttäuschung machte meine nur noch schlimmer. Manchmal wünschte ich mir, er würde einfach sagen, du bist scheiße als Schauspielerin, gib es auf und mach etwas Vernünftiges aus deinem Leben. Wenigstens bin ich jetzt in der richtigen Stimmung. Ich werfe den Brief und die Kippe in den Müll. Der Mann mit der Infusion hustet verhalten, als schämte er sich dafür.

Es ist halb zwei, immer noch zu früh. Ich fahre mit dem Aufzug hoch in den ersten Stock. Da ist die Geburtsabteilung, aber ohne Badge kommt man nicht rein. Ich stehe dumm herum, endlich kommt eine Pflegerin mit einem Baby durch die Milchglastür. Sie trägt es in den Armen, als wäre es ihr eigenes. Suchen Sie jemanden?, fragt sie. Ich schüttle den Kopf und gehe. Ich kann diesen Geruch nicht ausstehen, selbst hier, wo das Leben anfängt, riecht es nach Desinfektion, nach Krankheit und Tod. Würde ich ein Kind kriegen, möchte ich es zu Hause auf die Welt bringen. Aber vermutlich gibt das eine ziemliche Sauerei, Fruchtwasser, Blut, Flecken auf der Matratze. Und wer putzt das nachher auf? Die Hebamme? Manuel? Der schafft es ja noch nicht mal, nach dem Rasieren das Waschbecken zu säubern. Ein Bekannter hat die Geburt seines Kindes gefilmt und das überall herumerzählt. Niemand außer Bernd wollte das Video sehen, natürlich Bernd, das wäre der Letzte, dem ich so was zeigen würde. Ich glaube, Ricardo war ein wenig beleidigt.

Ich sitze draußen im Flur in diesem improvisierten Wartezimmer, rechne im Kopf meine Honorare dieses Jahres zusammen. Die zehntausend der Theaterproduktion hätten mich gerettet, das Geld vom Krankenhaus bezahlt nicht mal die Miete. Und für den Herbst noch ein Engagement zu kriegen, kann ich vergessen. Manuel verdient nicht schlecht, aber ich möchte nicht abhängig sein von ihm. Nicht dass er es mich spüren ließe, aber was, wenn ich irgendwann die Nase voll von ihm habe? Habe ich das nicht längst? Ich könnte etwas suchen im Gastgewerbe, wäre nicht das erste Mal, im schlimmsten Fall an der Kasse im Supermarkt. Oder doch wieder als Lehrerin arbeiten? Aber das wäre eine Kapitulation, lieber Aushilfsjobs, da kann ich mir wenigstens einreden, noch Schauspielerin zu sein. Außerdem mag ich Kinder nicht wirklich. Meine eigenen würde ich natürlich über alles lieben, das ist nicht das Gleiche. Sylvie und Lauro.

Frau Meisterhans?

So was habe ich noch nie erlebt. Dieser zukünftige Herr Doktor hat so ziemlich alles falsch gemacht, was man falsch machen kann. Als er mich hereinbat, hatte er so ein seltsames Lächeln im Gesicht, dass ich mir nicht sicher war, ob er die Situation überhaupt ernst nahm. Er spielt ja auch nur, dachte ich. Ich spiele die Patientin, er den Arzt, der er noch nicht ist. Aber ich habe eine Ausbildung dafür, er ist Laie. Herr Doktor, habe ich gesagt. Wagner, sagte er. Aber Doktor bin ich noch nicht. Auch kein Schauspieler. Ein Deutscher. Die Untersuchung verlief noch einigermaßen nach Plan. Jedenfalls war das mein Eindruck, ich verstehe ja nichts davon. Ich sah, dass Sibylle sich eifrig Notizen machte, während ich meine Bluse wieder anzog und mich auf die Liege setzte. Wie stark ist der Schmerz auf einer Skala von eins bis zehn? Der Arzt saß auf einem Hocker vor mir, die Hände im Schoß gefaltet, er musste zu mir hochschauen, was mir irgendwie unangemessen vorkam. Anatomisch scheint alles in Ordnung zu sein, sagte er. Die Rückenmuskulatur ist etwas verspannt, aber das ist nicht ungewöhnlich bei Menschen, die viel sitzen. Sitzen Sie viel? Ich zuckte mit den Schultern. In der Akte habe ich gesehen, dass Sie Bibliothekarin sind? Ich arbeite nicht mehr in meinem Beruf. Haben Sie Familie? Kinder? Ich habe … ich hatte zwei Kinder, einen Jungen und ein Mädchen. Wie alt sind Ihre Kinder? Er hatte noch nicht geschaltet, also musste ich deutlicher werden. Sylvie ist sechs, und Lauro wäre acht. Jetzt schien er begriffen zu haben? Laurin wäre acht? Lauro. Ein schöner Name, sagte er. Der Lorbeerbekränzte. Er ist vor zwei Monaten ertrunken.

Er schaute mich fassungslos an, das ironische Lächeln war verschwunden. Es war, als würde uns beiden plötzlich die Schrecklichkeit meines Verlusts bewusst. Ich schluchzte auf, es war kein Spiel mehr, mein Schmerz war echt, der Schmerz von Anna Meisterhans, die ihren Sohn verloren hat, der Schmerz von Wendla, die ungewollt schwanger wird und deren Geliebter sich erschießt, mein Schmerz über die Kinder, die ich vielleicht nie haben werde, über die Rollen, die ich nicht kriege, über Manuel, der mir keine Hilfe ist, über das Kind, das ich einmal gewesen bin und nie mehr sein werde. Es war der Schmerz darüber, am Leben zu sein, der mich so heftig überfiel, dass es mich schüttelte, dass ich schluchzend in mich zusammenfiel. Und plötzlich saß dieser junge Assistenzarzt neben mir auf der Pritsche, legte mir den Arm um die Schultern und zog mich an sich. Er umarmte mich, hielt mich fest, ich spürte seine Kraft, sein Gesicht in meinem Haar, hörte seine beruhigenden Worte, es ist gut, alles wird gut. Nicht küssen, Melchior! – Nicht küssen! Man liebt sich – wenn man küsst –

Stopp, stopp, stopp, stopp, hörte ich Sibylle rufen. Wir sind hier nicht im Theater.

In der Nachbesprechung las Sibylle dem Assistenten die Leviten. Das gehe überhaupt nicht, diese körperliche Nähe sei absolut inadäquat. Bei allem Verständnis für sein Mitgefühl, er müsse die professionelle Distanz wahren, sich abgrenzen. Normalerweise fragte sie mich, wie ich die Situation erlebt hätte, aber diesmal würdigte sie mich keines Blickes. Erst als der Assistent gegangen war, kam ich an die Reihe. Was denn in mich gefahren sei? Ob ich das Skript nicht gelesen hätte? So reagiere doch kein normaler Mensch! Immer zu viel, sagte sie, ihr Schauspieler macht immer zu viel. Immer Drama. Dabei hatte ich für einmal das Gefühl gehabt, wirklich gut gewesen zu sein in meiner Rolle, glaubhaft, ich hatte den Schmerz meiner Figur empfunden, als wäre er mein eigener. Sibylle schaute auf die Uhr. In zehn Minuten kommt der Nächste. Geh, mach dich frisch, du siehst ja aus, als hättest du tatsächlich ein Kind verloren.

Viermal habe ich heute Frau Meisterhans gespielt. Viermal hatte ich Kreuzschmerzen, aber Lauros Tod habe ich die nächsten Male gefasster getragen. Die anderen Aspiranten machten ihre Sache gut, einigermaßen gut. Eine junge Frau sagte mir, ich solle mir doch mal etwas Gutes tun, einen Spa besuchen mit einer Freundin oder mir eine

Maniküre machen lassen. Dabei schaute sie auf meine abgekauten Fingernägel. Der Letzte fand nicht mal heraus, dass ich ein Kind verloren hatte.

Ich weiß nicht, ob er mich abgepasst hat. Auf dem Plan der Weiterbildungen müsste er gesehen haben, wann ich fertig bin. Jedenfalls steht er plötzlich vor mir, als ich aus dem Krankenhaus trete. Assistent Wagner. Jonas, sagt er und reicht mir die Hand. Diesmal schüttelt er sie weniger forsch als vorhin, als er den Arzt mimte. Sarah, sage ich. Er sieht gut aus, groß, durchtrainiert, vielleicht ist er Ruderer. Im T-Shirt sieht man das besser als im Arztkittel. Darf ich Sie ein Stück begleiten?, fragt er. Warum nicht. Er entschuldigt sich für sein Verhalten vorhin. Er sei einfach überwältigt gewesen von meinem Schluchzen, ich hätte toll gespielt. Sind Sie Schauspielerin? Eine Schauspielerin ohne Engagement, sage ich. Außer eben dem Job im Krankenhaus. Und manchmal lese ich Bücher ein für die Blindenbibliothek.

Er hat schon den Bachelor, jetzt ist er im Masterstudium, in einem Blockpraktikum. Und später will er den Facharzt Psychiatrie machen. Warum gerade Psychiatrie? Ich schneide nicht gern Leute auf, sagt er und lacht. Als wir zur Klosterkapelle kommen, erklärt er mir, dass hier ein Benediktinerinnenkloster gewesen, dass die Barockkirche 1711 erbaut worden sei. Danke, sage ich. Ich bin immer froh, wenn

Männer mir die Welt erklären. Er entschuldigt sich. Ich habe drei jüngere Schwestern, sagt er, als sei das eine Erklärung für seine Besserwisserei. Waren Sie mal drin?

Obwohl draußen die Autostraße vorbeiführt, ist es in der Kapelle ganz still. Durch ein goldenes Fenster über dem Altar fällt unwirkliches Licht in den Raum. Das Kirchenschiff ist durch ein Gitter versperrt. Direkt dahinter steht eine kleine Büste von Johannes dem Evangelisten. Auf dem Sockel der Büste steht in altertümlicher Schrift, dass sie am 17. Februar 1573 über den gefrorenen See von Münsterlingen nach Hagnau getragen worden sei und nach hundert Jahren, als der See erneut gefroren war, wieder zurückgebracht wurde. Seither ging sie bei jeder Seegfrörne hin und her, bis sie 1963 zum letzten Mal viele Kilometer weit über das trügerische Eis hierher getragen wurde. Und hier wird sie wohl bleiben, sagt Jonas. Dieser Johannes sieht ein bisschen betrübt aus, sage ich, vielleicht wäre er lieber wieder in Hagnau, die Gegend hier ist ja eher protestantisch. Sind Sie katholisch?, fragt Jonas. Ich will schon längst austreten, sage ich. Tun Sie das nicht, sagt er. Er komme aus Bayern, aus Oberbayern, um genau zu sein. Er zündet eine Kerze an für seine Großmutter und wirft eine Münze in den Opferstock. Die Kasse werde jeden Tag geleert, steht auf einem kleinen Schild. Er öffnet den Vorhang des Beichtstuhls, die Wände drinnen sind mit schallschluckendem Material ausgekleidet wie früher die Telefonkabinen, ein geflochtener Stuhl steht darin. Ich dachte, man muss knien beim Beichten, sage ich. Er kniet sich hinein, ich ziehe den Vorhang zu und setze mich in die mittlere Kammer für den Priester. Durch das Beichtgitter erahne ich sein Gesicht im schummrigen Licht. Er kommt ganz nah an das Gitter. Gelobt sei Jesus Christus, flüstert er. In Ewigkeit. Amen, sage ich. Das weiß ich noch, dabei habe ich nur ein einziges Mal gebeichtet in meinem Leben, vor der Erstkommunion. In jenem Alter hatte ich zum Erstaunen meiner Eltern eine religiöse Phase, die dann aber schnell zu Ende ging, als meine Großmutter starb. Ich bin vierundzwanzig, sagt Jonas, ich bin nicht verheiratet, zum letzten Mal gebeichtet habe ich vor einem Jahr. Will er das jetzt wirklich durchziehen? Ist das nicht Blasphemie? Ich habe gesündigt, flüstert er. Das will ich doch hoffen, sage ich, in deinem Alter. Ich habe unreine Gedanken, sagt er, dann nichts mehr. Der Ort scheint uns beide etwas ehrfürchtig zu machen. Unsere Gesichter sind sich ganz nah, nur durch das Gitter getrennt. Ich kann seinen Atem spüren, kann ihn riechen, Pfefferminz, und noch etwas, eine Body Lotion oder ein Haarpflegemittel, irgendetwas dezent Parfümiertes.

Ich stelle mir vor, Jonas mit nach Hause zu nehmen. Dabei ist er mir noch nicht mal besonders sympathisch. Er ist ziemlich überzeugt von sich selbst, er weiß genau, dass er gut aussieht, vermutlich verknallen sich alle jungen Pflegerinnen in ihn, wenn er ihnen die Barockkirche erklärt, von seinen drei Schwestern erzählt. Ob er die auch so forsch in den Arm nimmt wie mich heute Nachmittag? Manuel kommt erst spät nach Hause. Ich stelle mir vor, wie ich Jonas in die Wohnung schmuggle. Aber wir kennen die anderen Mieter im Haus ohnehin nur vom Sehen, das wäre kein Problem. Wir stehen uns im dunklen Flur gegenüber. Soll ich ihm einen Kaffee anbieten oder gleich zur Sache kommen? Aber nicht im Schlafzimmer, in unserem Bett. Machen wir es auf dem Teppich im Wohnzimmer? Bei meinen Kreuzschmerzen? Wir schauen uns an durch das Gitter, schweigen. Ich bin mir ziemlich sicher, dass er sich dasselbe vorstellt wie ich. Die Kirchentür schlägt zu, aufgeschreckt verlassen wir den Beichtstuhl, aber niemand ist in der Kapelle.

Als wir aus dem Gebäude treten, ist es zu spät, der Zauber ist verflogen. Will er nicht mehr, oder will ich nicht? Ich muss da lang, sage ich und mache eine vage Handbewegung Richtung See. Ich gehe zum Bahnhof, sagt er. Wollen wir Handynummern tauschen. Klar. Ein Trennungsritual. Man sieht sich, sage ich und gebe ihm die Hand. Nichts für ungut, sagt er und lächelt. Kein Problem, sage ich, ich habe schon mit schlechteren Schauspielern gespielt.

Ich gehe über das Gelände der Psychiatrischen Klinik. Bei der überschwemmten Wiese bleibe ich stehen. Anna Meisterhans sitzt immer noch auf der gelben Bank. Oder sitzt sie wieder da? Vielleicht ist es wirklich ihre Bank, ihr geschützter Ort mit dem Rücken zur Klinik und mit einem weiten Blick in die Ferne, über das Wasser in ein anderes Land, ein anderes Leben. Ich stelle mir vor, wie es hier vor einundsechzig Jahren ausgesehen hat, die Wiese schneebedeckt, der See gefroren. Es ist klirrend kalt, ein eisiger Wind weht von Norden her, bläst mir Schneekristalle ins Gesicht, Nebel hüllt die Landschaft ein. Da kommen sie von der Klosterkirche her, voraus eine Traube von Leuten aus der Gemeinde, warm angezogen mit Mützen, Kapuzen, Hüten, dann einige Priester im Ornat, Ministranten, die mit Handschuhen an den Händen Kruzifixe auf langen Stangen tragen. Zwei Männer in schweren Mänteln, ein mit Kränzen geschmücktes Holzgestell auf den Schultern, auf dem die Büste des heiligen Johannes steht. Dahinter kommt die Blasmusik des Dorfs, die Musiker halten die Instrumente in den Händen, ohne zu spielen, und dann wieder Dörfler, Hunderte, Männer und Frauen, Kinder und Alte, alle, die noch gehen können, scheinen da zu sein. Ich erkenne die Briefträgerin, den

Mann von der Tankstelle, die Verkäuferin aus dem Lebensmittelgeschäft, ein Paar, das bei uns im Haus wohnt. Die Ersten treten etwas unsicher auf das Eis, die anderen folgen. Die Prozession zieht ein Stück weit dem Ufer entlang gegen Altnau, dann wendet sie sich nach Nordosten in Richtung Hagnau, hinaus auf die endlose Eisfläche, bis sie im Weiß des Nebels verschwindet.

Mars

Er entfernt sich immer weiter von uns, hundertachtzehn Millionen Kilometer müssen es inzwischen sein, und jede Stunde werden es hunderttausend Kilometer mehr, der einsamste Mensch im Universum. Er hat versucht, mir den Weg zu erklären, in diesem dreidimensionalen System von bewegten Objekten, wir bewegen uns, er bewegt sich, die Sterne und Planeten bewegen sich umeinander. Die schnellsten Wege sind nicht immer die kürzesten, man nutzt die Anziehungskraft eines Objekts, nur um sich noch schneller und noch weiter von ihm weg zu katapultieren, folgt gekrümmten Bahnen in einem gekrümmten Raum, in unzählbare Weiten. Fliegt man überhaupt in der Leere, steht man nicht eigentlich still, während sich alles um einen herum bewegt?

Ihr müsst daran glauben, hat Laurin gesagt, nur so halten wir das durch. Ich selbst halte es nur durch, wenn ich daran glaube. Sechs Monate und neunzehn Tage. Und dann? Dann öffnet er die Kellertür und steht auf dem Mars. Laurin nennt es eine Mission, ich ein Experiment.

Monatelang hat er sich darauf vorbereitet, hat Ausrüstung und Material zusammengetragen, die Räume geplant und eingerichtet und alles dokumentiert. Es ist sein Projekt, er hat keine Unterstützung bekommen, und niemand außer uns dreien weiß davon. Wird er es öffentlich machen, wenn er sein Ziel erreicht hat? Er zuckt mit den Schultern. Darum geht es ihm nicht. Er hasst es, im Mittelpunkt zu stehen, er will nur sich selbst beweisen, dass er dazu imstande ist.

Seine Mutter fand die Idee von Anfang an verrückt, sie hat sich gewehrt dagegen, nur ich habe ihm manchmal ein wenig geholfen. Es war die einzige Möglichkeit, ihn nicht ganz zu verlieren in dieser Zeit der fieberhaften Vorbereitungen, ihn nicht schon zu verlieren, während er noch gar nicht aufgebrochen war. Wir saßen oft spätabends in der Küche und diskutierten mögliche Probleme, suchten nach Lösungen. Die Wasserversorgung, das Abwasser, die Ernährung, medizinische Fragen, die Kommunikation. Die Verzögerung, mit der unsere Nachrichten ankommen, wird von Tag zu Tag größer, am Ende der Reise wird sie einundzwanzig Minuten betragen. Einundzwanzig Minuten für meine Fragen und noch einmal so lange für seine Antworten. Er hat versucht, das zu programmieren, aber es ist ihm nicht gelungen. Dann hat er eine Tabelle gemacht mit allen Tagen und den Verzögerungen, jeden Tag sechs Sekunden mehr, und jetzt zählen wir die Minuten und Sekunden, bevor wir eine Nachricht öffnen, sechseinhalb Minuten sind es inzwischen, eine Ewigkeit.

Ich weiß nicht, wann und wie es anfing, vielleicht mit Mars One, da war Laurin noch ein Kind. Ein verrückter Holländer hatte Kandidaten für einen Flug zum Mars gesucht, und ein junger Mann aus unserer Gegend hatte sich beworben und war in die engere Auswahl gekommen. Laurin hatte die Geschichte irgendwo aufgeschnappt und war fasziniert von der Vorstellung, auf einen anderen Planeten zu fliegen. Aber die kommen nicht zurück, hatte ich ihm gesagt, die müssen dort oben bleiben, bis sie sterben. Er hatte kurz gezögert, dann hatte er gesagt, das wäre ihm egal. Das Ganze hatte sich später zerschlagen, der Holländer war ein Scharlatan, hatte keine Ahnung von Raumfahrt, seine Firma war Konkurs gegangen. Aber Laurin schien sein Traum nie mehr loszulassen. Mit der Hartnäckigkeit, die nur Kinder aufbringen, hatte er alle weiteren Weltraummissionen verfolgt und die Diskussionen über mögliche bemannte Flüge zum Mond, zum Mars. Er hatte Bücher gelesen und sich Filme angeschaut, dabei schienen ihn jene am meisten zu faszinieren, in denen ein Astronaut auf sich selbst gestellt war, allein in den Weiten des Alls.

Manchmal stelle ich mir ihn da unten im Keller vor wie damals in Annas Bauch, zugleich einsam und geborgen. Er hat sich sein eigenes Mutterschiff gebaut, seinen Uterus, der ihn mit allem versorgt, mit Nahrung, Wärme, Wasser und Luft. Wie sehen deine Tage aus?, habe ich nach dem Frühstück geschrieben. Ich öffne die App immer wieder, lese meine Frage, die in meinen Gedanken mit jedem Mal Lesen an Gewicht gewinnt, diesen Ruf in die Unendlichkeit des Raums. Geht es dir gut? Hörst du mich noch? Bist du noch bei uns, oder hast du uns längst verlassen, unterwegs zu Zielen, an die wir dir nicht folgen können? Erst gegen Mittag erscheint das blaue Häkchen. Das Warten danach ist fast noch schlimmer als jenes davor. Die Nachricht ist angekommen, aber hat sie ihn auch erreicht? Er meldet sich immer seltener, ein-, zweimal am Tag allerhöchstens, manchmal auch gar nicht. Die Nachrichten sind kürzer geworden, technische Berichte, Fakten, Zitate aus Büchern, die er mitgenommen hat. Über sich, seine Gefühle schreibt er nichts. Noch bevor eine Antwort kommt, schreibe ich ein weiteres Mal. In drei Tagen ist Frühlingsanfang, es ist warm draußen. Der Garten ist voller Vögel. Kohlmeisen, Blaumeisen, Mönchsgrasmücken. Ich werde wohl noch ein wenig spazieren gehen mit deiner Mutter.

Anna und ich sind spazieren gegangen am See.

Das blaue Frühlingslicht, die Wärme der Sonne und die Kühle der Schatten, die austreibenden Bäume, die Wasservögel in ihrer Betriebsamkeit. Es tut mir im Herz weh, dass Laurin das nicht mit uns teilen kann, dass er in seinem selbstgewählten Gefängnis sitzt, in der Dämmerung des elektrischen Lichts, betäubt vom stetigen Rauschen der Belüftungsanlage und wartet, dass die Zeit vergeht. Wir sind am See spaziert, jeder in seine Gedanken versunken sind wir am Ufer entlanggegangen und dann wieder zurück nach Hause. Es ist, als hätte Laurins Schweigen auf uns abgefärbt.

Vor der Mission gab es viel Streit zwischen Anna und mir, heftige Diskussionen über Sinn und Unsinn des Projekts, über Selbstverantwortung und elterliche Pflichten, von Anna sogar Drohungen, eine Schutzbehörde einzuschalten, einen psychiatrischen Dienst, die Polizei. Was willst du ihnen sagen? Das ist doch verrückt! Verrückt sein ist nicht verboten. Er ist erwachsen. Er kann für sich selbst entscheiden. Laurin hörte meist nur stumm lächelnd zu, manchmal erklärte oder präzisierte er etwas, oder er stand einfach auf und ging in sein Zimmer, diese sanfte Verweigerung, die Anna noch mehr aufregte, als sie es ohnehin schon war.

Am Tag, als Laurin aufbrach, einem Samstag im Januar, frühstückten wir noch zusammen, dann ging

Anna einkaufen. Um neun sollte es losgehen, das war schon lange abgemacht. Aber Anna war nicht da, sie verpasste den Abschied. Laurin und ich umarmten uns linkisch, ich klopfte ihm noch einmal auf die Schulter, als er sich schon abdrehte und durch die Luke stieg. Mach's gut. Dann zog er die Luke hinter sich zu, und ich plombierte sie mit einer Zange, die er extra für diesen Zweck angeschafft hatte, und machte ein Foto. Ein Beweis für wen? Die Stufen der Kellertreppe kamen mir doppelt so hoch vor wie sonst.

Anna kam erst eine Stunde später aus der Stadt zurück, stellte die Einkäufe auf den Küchentisch und begann, die Sachen in den Kühlschrank zu räumen. Ich sagte nichts, und auch sie schwieg. Seither reden wir kaum über Laurin. Sie kriegt seine Nachrichten, er hat einen eigenen Chat für uns drei eingerichtet, Mission to Mars. Ich sehe, dass sie die Nachrichten liest, aber sie schreibt ihm nie zurück.

Die Antwort kommt erst kurz vor dem Abendessen. Ein Marstag, ein Sol, dauert 24 Stunden, 39 Minuten und 35 Sekunden. Alle Systeme in Ordnung. Blutdruck und Sauerstoffwerte im normalen Bereich. Heute 20 km auf dem Hometrainer, 550 kcal. LG. Laurin.

Warum kürzt er seine Grüße ab? Hat er nicht unendlich viel Zeit? All die leeren Stunden, wie verbringt er sie? Er hat kein Internet, er ist schon viel zu weit von der Erde entfernt. Liest er, führt er sein Logbuch, bereitet er sich Mahlzeiten zu, schläft er länger als sonst? Er hat immer viel geschlafen, schon früher war es mir manchmal vorgekommen, als schlafe er nur, um nicht wach sein zu müssen. Ein Traum in einem Traum.

Manchmal gehe ich am Morgen, bevor ich zur Arbeit muss, mit den Schuhen den Flur auf und ab mit möglichst lauten Schritten, in der Hoffnung, er könne mich hören. Dann stehe ich still, lausche, aber ich höre nur die Vögel aus dem Garten und dann und wann ein Auto vorüberfahren. Anna hat mich beobachtet, sie muss meine Absicht erraten haben, aber sie sagt nichts. Sie sagt nur, du hast es gut. Sie sagt, sie hält es fast nicht aus im Haus, immer zu wissen, dass er da unten ist und doch so weit weg. Wenigstens reden wir wieder, aber Anna wirkt wie gebrochen, spricht leiser, bringt Sätze nicht zu Ende. Wenn sie an den Nachmittagen in der Bibliothek ist, ist das Haus leer wie der Weltraum und Laurin darin noch einsamer. Es macht mir Angst, ihn so allein zu wissen, und ich gehe oft früher nach Hause, um ihm nah zu sein. Anna und ich lösen uns ab beim Wachehalten. Ich bilde mir ein, dass er es spüren kann.

Als Laurin zum ersten Mal von seinem Vorhaben sprach, hatte er sich schon alles ausgedacht und zurechtgelegt. Er hatte im Herbst ein ingenieurwissenschaftliches Studium der Luft- und Raumfahrttechnik begonnen, aber er war fast nie an der Hochschule. Wenn ich ihn darauf ansprach, sagte er, er könne die Vorlesungen auch online besuchen, die Skripte herunterladen, es gebe Mitschriften der Veranstaltungen. Er saß meistens in seinem Zimmer und schien konzentriert zu arbeiten, aber wenn ich an die Tür klopfte und den Kopf hineinstreckte, schloss er schnell die Fenster auf dem Monitor, und ich sah nur den Deskop-Hintergrund, ein einsamer Astronaut in einer roten Wüste, über der sich ein schwarzer Sternenhimmel wölbte.

Eines Abends, nach dem Essen, weihte er uns dann ein. Er umriss sein Vorhaben mit wenigen Sätzen. Er hatte gelesen, dass die NASA Freiwillige suchte, die ein Jahr lang in einer simulierten Marsstation in der Nähe von Houston leben sollten. Die Bewerber müssten ein naturwissenschaftliches Studium abgeschlossen und tausend Flugstunden absolviert haben, zwischen dreißig und fünfundfünfzig Jahre alt und Amerikaner sein, lauter Kriterien, die Laurin nicht erfüllte. Die nächste günstige Konstellation für einen Flug zum Mars ist ohnehin erst 2033, sagte er lachend, dann werde ich dreißig sein. Die Leute, die sich jetzt bewerben, werden nie zum Mars fliegen. Aber ich werde im perfekten Alter sein und bereit. Anna und ich schauten ihn entgeistert an. Ich werde einen Flug zum Mars simulieren, sagte er, ich werde beweisen, dass ich dazu imstande bin. Sechs Monate und neunzehn Tage, so lange wie die Perseverance Mission. Mehr hatte er dazu nicht zu sagen. Er legte einen Plan unseres Kellers auf den Tisch, auf dem er einige Änderungen eingetragen hatte, und fing an, über technische Details zu sprechen. Er würde den Fitness- und den Werkraum benötigen, vierzig Quadratmeter wie die Amerikaner. Im Werkraum gab es Wasser, und die Abwasserleitung führte dort durch. Er würde eine Toilette installieren, das würde nicht ganz einer Weltraumtoilette entsprechen, aber darum ging es ihm nicht. Am Wasserhahn würde er einen Zähler anbringen und sich an ein genaues Kontingent halten, drei Liter pro Tag für das Trinken und Kochen, vier Liter für die Körperpflege. Er hatte ein Buch neben sich auf den Tisch gelegt, ein Sachbuch für Kinder über das Leben als Astronaut. Er musste meinen Blick bemerkt haben, er sagte, das Buch sei wirklich gut und zuverlässig, darin seien alle nötigen Informationen zusammengefasst. Ich stellte mir vor, wie er in der lokalen Bibliothek nach Informationen gesucht hatte und auf dieses Buch gestoßen war, vielleicht hatte Anna es ihm ausgeliehen, ohne zu ahnen, was er damit vorhatte. Er tat mir plötzlich unendlich leid, ich hätte ihn in die Arme nehmen mögen, aber ich stand nur auf und fragte, will jemand Kaffee?

Am Anfang taten Anna und ich die Idee als eine Verrücktheit ab, ein Gedankenexperiment ohne große Bedeutung. Nachdem Laurin wieder in seinem Zimmer verschwunden war, redeten wir nur kurz darüber. Keine Chance, sagte sie, das wird er sich schon wieder aus dem Kopf schlagen. Er soll sich besser auf sein Studium konzentrieren, sagte ich. Meinst du, es geht ihm gut? Anna murmelte etwas, sie hatte sich wieder in ihr Buch vertieft, eine Neuerscheinung, die sie aus der Bibliothek mitgebracht hatte.

Am aufwendigsten war der Einbau der Toilette. Sie brauchte eine Hebeanlage mit Häcksler, um das Abwasser sicher in die Kanalisation abzupumpen. Laurin zeigte mir im Internet die verschiedenen Modelle. Für die Kosten wollte er mit seinem Ersparten aufkommen. Der Installateur schien sich ein wenig über den Auftrag zu wundern, aber er stellte keine Fragen und hatte die Toilette und den Zähler am Wasserhahn in wenigen Stunden eingebaut. Als Anna am Abend davon erfuhr, kam es zu Streit, sie warf mir vor, Laurin in seinen Hirngespinsten noch zu bestärken. Ich gebe zu, es machte mir Spaß, den Plan mit ihm zusammen in die Tat umzusetzen, auch wenn ich die Idee noch immer für verrückt hielt. Hauptsache er hat ein Ziel, sagte ich. Das ist kein Ziel, sagte sie, das ist Wahnsinn.

Der Werkraum war eigentlich eine Nische in einem größeren Kellerraum, in dem wir alles Mögliche aufbewahrten. Laurin hatte eine Trennwand geplant, und wir zimmerten sie zusammen, ein Balkengerüst mit Gipskartonplatten verkleidet, die Hohlräume mit Glaswolle isoliert. Auch die Außenseite der Wand bestand aus Gipsplatten. Darauf schrieb er mit roter Farbe, Mission to Mars 2022.

Im Fitnessraum gab es ein kleines Fenster in einen Lichtschacht, aber Laurin bestand darauf, es zu versiegeln und abzukleben. Die Frischluftzufuhr sollte ausschließlich über einen Ventilator aus dem Keller erfolgen, das stetige Rauschen wäre Teil der Simulation, die dem Aufenthalt in einem Raumschiff möglichst nahekommen sollte.

Auch das Essen hatte er minuziös geplant. Erst wollte er nur gefriergetrocknete Nahrung mitnehmen, aber ich konnte ihn davon überzeugen, dass man die Toleranz gegenüber schlechtem Essen nicht trainieren kann. Er kaufte sich ein billiges Mikrowellengerät und kochte alle möglichen Gerichte vor, die er portionsweise in Weckgläser abfüllte und sterilisierte. Er informierte sich über Nährstoffe, Vitamine und Spurenelemente und stellte sich einen Cocktail aus Nahrungsergänzungsmitteln zusammen, den er jeden Tag schlucken würde. Den Hometrainer im Fitnessraum würde er benutzen, um fit zu bleiben und in der Schwerelosigkeit keine

Muskelmasse zu verlieren. Annas Yogamatte, die sie schon seit Jahren nicht mehr benutzte, würde ihm als Bett genügen. Sein Kleiderbedarf würde gering sein, im Internet bestellte er sich Wegwerfunterwäsche aus Vlies, T-Shirts, Hosen und Socken würde er alle zwei bis drei Wochen wechseln. Wir hatten eine längere Diskussion darüber, ob wir den Abfall für ihn entsorgen sollten, aber da er sein Mutterschiff plombieren wollte, entschied er sich für Müllbeutel und eine große Tonne, in der die Abfälle einigermaßen luftdicht entsorgt werden konnten.

Bei all den Planungs- und Bauarbeiten hatte ich verdrängt, was Laurin wirklich vorhatte, fast sieben Monate in völliger Isolation in unserem Keller zu sitzen, ohne Berührungen, ohne Gespräche, ohne Sonnenschein. Er lud sich Filme und Musik herunter, schaffte sich Bücher an. Ich war etwas überrascht, welche Lektüre er sich vornahm, einige Science-Fiction-Klassiker waren dabei, aber auch *Robinson Crusoe*, eine Nacherzählung der *Odyssee*, Bücher von Joseph Conrad, Jack London und Edgar Allan Poe. Sogar eine Bibel nahm er mit, ein Exemplar des Gideonbundes, das ich einmal in einem Hotel hatte mitgehenlassen.

Wir haben einen Kuchen für dich gebacken, schreibe ich früh am Morgen seines Geburtstags. Wir wünschen dir alles Gute für das neue Lebensjahr, Glück und Zufriedenheit und dass alle deine Träume in Erfüllung gehen. Ich kann Anna dazu überreden, mit mir ein Selfie zu machen, wir sitzen am Gartentisch, vor uns der Kuchen, auf dem eine Kerze brennt, daneben ein eingepacktes Geschenk. Ich muss ein paarmal abdrücken, bis Annas Gesicht freundlich genug ist. Dann mache ich noch ein Foto vom Garten, die ersten Blumen blühen, Krokusse, Traubenhyazinthen.

Ich habe Laurin nicht aufgefordert, uns ein Bild zu schicken, und bin ein bisschen überrascht, dass er es tut. Es ist das erste Bild, das er uns schickt, Tag 70, steht darunter. Er sitzt im Schneidersitz auf der Yogamatte, im Schoß sein Lieblingsplüschtier, einen kleinen Bären, den er vor vielen Jahren von seiner Großmutter geschenkt bekommen hat. Alle Astronauten nähmen Plüschtiere mit, hatte er mir vor dem Abflug erklärt, schon Juri Gagarin habe eine Puppe dabeigehabt, die ihm den Moment der Schwerelosigkeit angezeigt habe. Vor ihm, auf einem Teller, ein kleiner Kuchen aus dem Supermarkt, den er zu diesem Zweck mitgenommen haben muss, eine Tasse, vermutlich mit Sofortkaffee. Er trägt T-Shirt und Trainingshose. Sein Haar ist zerzaust, er hat einen Bart. Er scheint abgenommen zu haben. Seine Augen leuchten. Wir müssen ihn da rausholen, sagt Anna. Er sieht glücklich aus, sage ich.

Es ist absurd, er will ins Weltall und vergräbt sich

stattdessen im Keller, als komme er der Unendlichkeit so am nächsten. Manchmal setze ich mich in sein Zimmer, um mich ihm ein wenig näher zu fühlen. Er hat es vor der Abreise aufgeräumt, nichts liegt herum, das Bett ist gemacht. Er hat unzählige Bücher über das Weltall, über Astronomie, die Raumfahrt, davor stehen *Star-Wars*-Figuren, kleine Roboter, Astronauten, seltsame Außerirdische, eine diverse Familie, der die Erde nicht groß genug sein kann. Ich hatte mich oft gefragt, was Laurin am All so faszinierte, vielleicht war es eine zufällige Leidenschaft, und er hätte sich ebenso gut für Dinosaurier, Actionhelden oder etwas anderes begeistern können. Vor ein paar Jahren hatte er sich beklagt, die Welt sei klein geworden, jeder Ort lasse sich auf Google Maps betrachten und sei mit dem Flugzeug in höchstens vierundzwanzig Stunden zu erreichen. Ich widersprach ihm, sagte, er müsse auf das Kleine schauen, um die Größe der Welt zu erkennen. Je näher du rangehst, desto größer wird alles.

Seit er im Keller ist, sehe ich die Welt tatsächlich wie neu, als sähe ich sie durch seine Augen. Vieles, was vorher selbstverständlich war, kommt mir jetzt seltsam und unglaublich vor, unser Alltag, unsere Gewohnheiten, was uns beschäftigt. Vieles, was ich vorher kaum beachtet habe, bewundere ich jetzt, das Vogelgezwitscher am Morgen, die Knospen, die überall austreiben, die filigranen Blüten und Blätter,

Insekten, Spinnweben, sogar Wolken, Regentropfen, die vom Wind getrieben über die Fenster wandern.

Ein dumpfer Knall, etwas ist gegen die Scheibe geprallt. Es ist ein Vogel, ein Buchfink, der immer und immer wieder gegen die Scheibe fliegt. Ich vertreibe ihn, aber er kommt zurück, flattert dicht vor dem Fenster auf und ab, dann prallt er wieder gegen die Scheibe. Er muss sein Spiegelbild für einen Rivalen halten, der in sein Revier eingedrungen ist. Ich lasse den Rollladen herunter. Jetzt ist es fast ganz dunkel im Zimmer. Ich lege mich auf Laurins Bett.

Eigentlich hat er sich seit seiner Geburt von uns entfernt, nicht mit so hoher Geschwindigkeit wie jetzt, aber mit gnadenloser Konsequenz immer weg von uns, als er gehen lernte, als er sprechen lernte. Der erste Kindergartentag, der erste Schultag, das Klassenlager, lauter kleine Abschiede, nach denen er als ein anderer zurückkehrte, ein bisschen fremder, ein bisschen verschlossener. Und immer dieses Gefühl: Er begibt sich in Gefahr, ich kann ihn nicht beschützen, kann ihm nicht helfen. Er muss seinen Weg alleine finden. Er kann nur zurückkehren, wenn er weggegangen ist. Und jetzt will er zum Mars.

Tag 76, morgens kurz vor sechs gehen Venus, Saturn und Mars fast gemeinsam und ganz nah beieinander auf. Ost, Südost. Wie ist das Wetter? Ich zähle die Minuten. Nass und kalt, schreibe ich endlich. Es könnte Schnee geben. Wir werden den Mars nicht sehen.

Drei Tage später schneit es wirklich. Ich schreibe es Laurin, schicke ihm ein Bild vom Vogelhaus, auf dessen Dach eine dicke Schneehaube liegt. Ich schreibe ihm von den Stürmen, Tag 84. Auf dem See sind Schaumkronen, der Wind dröhnt um das Haus, Äste sind von den Bäumen gebrochen. Eine Woche später wird es wärmer, dann warm. Tag 93, Ostern. Bilder aus dem Garten.

Ein Bild von Laurin im Keller mit einem kleinen Osternest mit Schokoladeneiern, das ich ihm mitgegeben habe. Ein verlegenes Lächeln. Er scheint noch mehr abgenommen zu haben. Seit Wochen isst er nichts Frisches mehr, nur noch Gekochtes, Sterilisiertes. Dosenfrüchte, Schokolade, Cracker. Und Vitamintabletten.

Tag 101. Was vermisst du am meisten? Beim Frühstück hat Anna gesagt, sie denke Tag und Nacht an Laurin, mehr als jemals zuvor. Sie habe Angst um ihn. Sogar als er die Lungenentzündung hatte und im Krankenhaus lag, habe sie sich weniger Sorgen gemacht. Vielleicht weil er in guten Händen war, weil ich wusste, dass sich jemand um ihn kümmert. Jetzt ist er ganz allein und auf sich selbst gestellt. Es kann ihm nichts passieren, sage ich, er ist in Sicherheit. Das glaube ich nicht, sagt Anna. Er wird nicht zurückkommen von dieser Reise. Ihre Stimme klingt, als würde sie gleich zu weinen anfangen. Natürlich schickt sie ihm Nachrichten, vom ersten Tag an hat sie es getan, nur nicht in unserem gemeinsamen Chat. Sie hat es mir erst jetzt gesagt. Was sie ihm schreibt, erzählt sie mir nicht.

Als ich die Schuhe anziehe, fällt mein Blick auf Laurins Geburtstagsgeschenk, das immer noch eingepackt im Flur liegt. Ein Buch, ich habe vergessen, was für eines. Anna hat es ausgewählt. Ich frage mich, was ich empfinden würde, wenn er tatsächlich unterwegs im Weltraum wäre. Ich würde es nicht ertragen. Ich würde es nicht aushalten, wenn du zum Mars fliegst, schreibe ich ihm.

Ich bin schon im Büro, als die Antwort kommt. Du hältst das durch, die Halbzeit hast du schon fast geschafft. Leicht erhöhte Luftfeuchtigkeit. Ein Marsjahr = 687 Erdentage. Mit der Nachricht kommt ein Bild, das aussieht, als hätte er aus Versehen abgedrückt, eine Ecke des Fitnessraums, schräg aufgenommen, ein Knäuel von Kleidungsstücken, ein Stapel leerer Weckgläser. In den letzten Tagen ist es öfter vorgekommen, dass er Nachrichten schickt, die an ihn selbst gerichtet zu sein scheinen, Durchhalteparolen, Aufmunterungen oder auch nur kleine Beobachtungen, wie man sie in ein Tagebuch schreiben würde. Ich summe mit dem Ventilator, um ihn zu übertönen. Wäre ich hier eingesperrt und nicht aus freien Stücken …

Auf dem Nachhauseweg kommt wieder eine Nachricht. Ich halte am Straßenrand an, um sie gleich zu lesen. Einen Apfel, schreibt Laurin nur. Als ich zu Hause bin, hole ich einen Apfel aus der Küche und gehe damit in den Keller. Ich setze mich auf den Boden, lehne mich an die Trennwand, den Apfel in der Hand. Laurin so nah zu wissen, macht mich fast verrückt. Nur das Summen des Ventilators ist zu hören.

Alles kann geschehen. Es gibt ein Startdatum und ein Datum der Ankunft, sie sind im Kalender eingetragen, wie Pfähle eingeschlagen im Treibsand der Zeit, aber diese Daten bedeuten nichts. Die Zeit vergeht nicht, wenn man sich mit Lichtgeschwindigkeit von seinem Leben entfernt, sie bleibt stehen. Jeder Tag ist wie der letzte. Laurin schwebt durch den Keller, er ist über die Wochen immer leichter geworden, so leicht, jetzt ist er schwerelos. Wir schweben aufeinander zu, schauen uns in die Augen. Ich strecke die Hand nach ihm aus, und er nimmt sie. Wir halten uns aneinander fest. Wir sitzen in der Küche. Laurin erzählt von seinen Abenteuern, lacht. Ich habe nicht gedacht, dass du es schaffst. Willst du immer noch zum Mars? Er schüttelt den Kopf. Es gibt andere Ziele, nähere. Die Erde ist groß genug für uns.

Der verrückte Buchfink ist wieder gekommen, diesmal hat er sein Spiegelbild im Küchenfenster angegriffen. Ich stehe am Fenster, fuchtle mit den Armen, wenn mich die Nachbarn sähen, müssten sie denken, ich sei verrückt geworden. Aber kaum wende ich mich vom Fenster ab, ist der Vogel wieder da, flattert auf und ab und stößt dann mit einem dumpfen Schlag gegen die Scheibe, wieder und wieder. Ich lasse den Rollladen herunter. Kurze Zeit später kommt Anna aus dem Schlafzimmer, der Buchfink hat einen neuen Feind im Schlafzimmerfenster entdeckt und sie geweckt. Lass den Rollladen runter, sage ich, sonst bricht sich der arme Kerl noch das Genick.

Anna hat schon länger einen hartnäckigen Husten. Erst hat sie alle möglichen Hausmittel probiert, dann ist sie zum Arzt gegangen, aber der hat nichts gefunden. Schreib Laurin nichts davon, sagt sie, sonst macht er sich nur Sorgen. Ich ziehe die Schuhe an, poltere im Flur hin und her. Als ich in die Garage gehe, sehe ich den Apfel vor der Trennwand liegen. Obwohl es regnet, nehme ich das Fahrrad. Das helle Zischen der Autoreifen auf dem nassen Asphalt, die Scheinwerfer, die sich in der Fahrbahn spiegeln, die Regentropfen in meinem Gesicht, die Kälte, Erinnerungen an etwas, was nie gewesen ist.

Als wir abends im Wohnzimmer sitzen, hustet Anna alle paar Minuten leise, sie scheint es gar nicht mehr zu merken. Es klingt, als müsste sie etwas loswerden, was sich tief in ihrem Inneren eingenistet hat, aber schaffe es nicht. Ich weiß, sie kann nichts dafür, aber irgendwann bin ich so genervt von der Husterei, dass ich aufstehe und wortlos in den oberen Stock und in Laurins Zimmer verschwinde. Ich bin dünnhäutig geworden, reizbar.

Ich stehe wieder vor Laurins Bücherregal. Einige Bücher erkenne ich, wir hatten sie ihm zu Weihnachten oder zu einem seiner Geburtstage geschenkt, einen Bildband mit Aufnahmen des Hubble-Teleskops, der Roman über den Astronauten, der auf dem Mars strandet, auch die Trilogie von Douglas Adams. Aber all die anderen Bücher? Wann hat er die gekauft? *Abschied von der Erde*, heißt eines, *Die Zukunft der Menschheit.* Wo und wie werden wir leben in 100, 1000, 10000 Jahren? Ein Fantast, der über Multigenerationenschiffe und Tiefkühlschlaf fantasiert, über Tanks mit menschlichen Embryonen und digitale Unsterblichkeit. Ich kann sie nicht ausstehen, diese Größenwahnsinnigen, diese Weltraumpropheten, die den Menschen die Köpfe verdrehen mit ihren irren Fantasien. Nie,

nie, nie werden wir auf fremden Planeten leben. Die Distanzen sind viel zu groß, unüberwindbar, das weiß doch jedes Kind. Vielleicht schaffen wir es auf den Mars, aber dahinter? Lichtjahre des Nichts. Der nächste Stern, Proxima Centauri, ist mehr als vier Lichtjahre entfernt, vierzig Billionen Kilometer. Selbst mit dem stärksten Teleskop wird man nie mehr von ihm sehen als ein weißes Scheibchen. Erreichen wird man ihn sowieso nie. Ich blättere durch den Bildband. Diese bunte Wüste, die uns umgibt. Wunderschön ist sie, aber tot. Und unendlich weit entfernt.

In der Nacht habe ich wieder denselben Traum, Laurin und ich schweben durch den Weltraum, wir tragen Astronautenanzüge, durch die sphärische Scheibe des Helms kann ich sein Gesicht nur schemenhaft erkennen. Er scheint den Mund zu bewegen, etwas zu sagen. Ich höre nur Rauschen und ganz nah meine eigene Stimme seinen Namen sagen, Laurin. Ich strecke die Hand nach ihm aus, er streckt den Arm aus. Winkt er mir, oder will er sich festhalten? Er entfernt sich langsam im Schwarz. Ich will ihm folgen, bewege Arme und Beine, aber ich drehe mich nur um die eigene Achse, während er sich immer weiter entfernt.

Als ich am Morgen aufstehe, finde ich eine Nachricht von Laurin auf dem Handy, er hat sie mitten in der Nacht abgeschickt, 115, nicht mehr, kein

Bericht, kein Zitat, kein Gruß. Die Worte sind uns ausgegangen.

Anna schläft noch. Sie steht jetzt oft erst auf, wenn ich zur Arbeit gegangen bin. Manchmal, wenn ich sie duschen höre, beeile ich mich, aus dem Haus zu kommen, bevor sie in der Küche auftaucht, um sich ihren ersten Kaffee zu machen. Ich mag nicht reden. Ich mag nicht denken. Ich flüchte mich in meine Arbeit.

Eine meiner Angestellten hat gefragt, was los sei mit mir. Nichts, habe ich gesagt, warum? Sie sitzen da wie erstarrt und schauen seit zehn Minuten aus dem Fenster. Wirklich? Ich habe nachgedacht. Ich sage, ich müsste nach Hause, ich hätte etwas Wichtiges vergessen. Kommen Sie heute noch mal wieder? Ich glaube nicht.

Auf dem Heimweg rufe ich Anna an. Ja, sagt sie nur, ja. Ich bin mit dem Wagen unterwegs und muss mich beherrschen, um nicht zu schnell zu fahren. Auf die paar Minuten kommt es jetzt auch nicht mehr an.

Der Apfel liegt vor der Trennwand. Ich stehe lange da und starre ihn an. Dann trete ich an die Wand, hebe den Apfel hoch und reiße mit der anderen Hand die Plombe ab und öffne die Luke.

Im Mutterschiff ist kaum Licht, nur ein paar Standby-Leuchten brennen. Trotz des Rauschens des Ventilators scheint es totenstill zu sein. Es riecht nach Müll und nach Schweiß, nach schmutziger Wäsche, ein wenig wie in der Garderobe einer Turnhalle. Ich huste, ich will Laurin nicht erschrecken. Stille. Ich trete durch die Tür in den Fitnessraum. Durch das abgeklebte Fenster kommt ein wenig Licht. Dort sitzt er auf der Yogamatte, mit dem Rücken an die Wand gelehnt. Er schaut mich mit großen Augen an. Neben ihm auf dem Boden liegt das geöffnete Logbuch und sein Handy, ein halbleeres Weckglas steht da und eine Tasse. Wir sagen beide nichts. Ich trete zu ihm, strecke ihm die Hand hin und helfe ihm hoch. Als er aufsteht, schwankt er ein wenig. Ich lasse den Apfel fallen, nehme Laurin in die Arme, und wir stehen einfach nur da. Danke, flüstert er endlich, so leise, dass ich mir nicht sicher bin, ob er es tatsächlich gesagt oder ob ich es mir nur eingebildet habe. Und dann noch einmal und schon mit festerer Stimme, danke.

Jump and Run

Das Gewicht meiner Pistole hat mir immer Sicherheit gegeben, geladen ist sie fast ein Kilo schwer. Es fühlt sich gut an, sie in der Hand zu halten. Ich bin präsent, bin aufmerksam wie sonst nie, wenn ich mit ihr in der Stadt unterwegs bin, auf einer Rolltreppe stehe, durch eine Fußgängerzone gehe. Ich nehme meine Umgebung anders wahr, ich weiß, wer vor und wer hinter mir geht und was ich zu tun habe, wenn etwas geschieht. Das war schon während der Ausbildung so, im Schießstand, im Gelände. Sobald die Ladebewegung gemacht war, veränderte sich etwas, die Stimmung wurde zugleich konzentriert und entspannt. Das war nicht mehr der übliche Drill, das Antreten, das Verlesen, die hundert Regeln, wie muss das Tenue aussehen, wie bewegt man sich, wie steht man, wie grüßt man eine Vorgesetzte. Mit der geladenen Pistole in der Hand waren wir alle gleich, und alles konnte geschehen. Wir mussten einander vertrauen, uns aufeinander verlassen können. Jeder Schuss war eine Befreiung. Das ist besser als Sex, sagte Valon, ein blöder Witz, aber ich glaube, wir wussten alle, was er damit meinte.

Jetzt ist die Pistole ein gefährlicher Ballast. Ich kann nur hoffen, dass die Kontrollen nicht allzu akribisch sind an den Grenzen, die ich passieren werde, der serbischen, der kroatischen, der slowenischen, der österreichischen, der deutschen und schließlich an jener zur Schweiz. Am besten wäre es, die Waffe loszuwerden. Gleich neben dem Busbahnhof gibt es eine Müllhalde, da hätte ich sie leicht verschwinden lassen können. Aber dann hätte ich wohl noch mehr Schwierigkeiten gekriegt, als ich ohnehin schon haben werde. Bei Waffen verstehen sie keinen Spaß.

Ich habe ein Kleid gekauft, ein richtiges Abendkleid, blau mit silbernen Einsprengseln, knielang, der Ausschnitt ziemlich gewagt. Sehe ich darin nicht zu nuttig aus? Aber das mögen die Männer ja. Die Nutten in den Massagesalons. Der Verkäufer hat das Wort nicht verstanden. Zu billig? Nicht billig, sagt er, Polyester, aber gute Qualität, gutes Polyester. Was soll's! Die Jacke? Kunstleder. Kann man in der Maschine waschen. Ich wollte die Uniform gleich im Geschäft zurücklassen, aber der Verkäufer redete mir zu. Er sprach einigermaßen gut Deutsch. Sind Sie sicher?, fragte er. Und: Ich möchte nicht, dass Sie Probleme kriegen. Was kümmerte ihn das? Die kriege ich sowieso, sagte ich. Ich packe Ihnen alles in eine Tasche, sagte er. Er berührte das Pistolenhalfter nur mit den Fingerspitzen, versteckte es unter dem Kampfanzug, dann deckte er alles mit Seidenpapier zu. Sicher ist sicher, sagte er und lächelte. Was haben Sie vor? Ich gehe zurück, sagte ich. Nach Hause? Vielleicht. Sie haben uns gerettet, sagte er, dafür danke ich Ihnen im Namen meines Landes. Nicht ich, sagte ich. Und überhaupt, das ist lange her. Er schaute mich an mit traurigem Blick, ich glaube, er machte sich wirklich Sorgen um mich, aber er wusste nicht, wie er mir helfen konnte. Das Kleid steht Ihnen wirklich gut, sagte er.

Dreizehn Stunden habe ich Zeit. Dreizehn Stunden bis nach München, dort muss ich mich entscheiden, wie es weitergehen soll, nach Hause oder irgendwohin. Aber eigentlich habe ich mich schon entschieden, weg von hier, das ist mein Ziel. Sonst säße ich nicht in diesem Bus, zusammen mit fünfzig Kosovaren, die meisten Männer, aber auch ein paar Frauen und Kinder, ganze Familien, Väter, Mütter, Großmütter. Die Männer haben mir den Vortritt gelassen, mich respektvoll behandelt, sie wirkten fast ein bisschen ehrfürchtig. Nicht wie die Männer im Gym und in der D Fac, die mich anstarrten, als wäre ich Freiwild. Nein, schlimmer, die mich anstarrten und dann den Blick abwandten. Der Sitz neben mir bleibt frei.

Die Scheiben des Busses sind getönt, und als wir kurz vor fünf abfahren, kommt es mir vor, als dämmerte es schon. Wir fahren durch hässliche Neubaugebiete, vorbei an Geschäftshäusern, Malls, Autohandlungen. Ein Angestellter des Busunternehmens geht durch den engen Gang, sammelt das Geld ein für die Fahrt, fünfzig Euro pro Person. Er schaut sich meinen Pass an, notiert meinen Namen.

Als wir nach einer Stunde an der serbischen Grenze halten und aussteigen müssen, um zu Fuß durch die Passkontrolle zu gehen, dämmert es dann tatsächlich schon. Die Tasche habe ich im Bus gelassen, die Grenzschützer scheinen sich nicht für das Gepäck zu interessieren. Mein Telefon klingelt. Es ist Lea. Ich nehme den Anruf nicht entgegen, auch nicht, als sie es eine halbe Stunde später wieder versucht. Wir fahren schon durch Serbien, während ich das Handy auf stumm stelle. Ich frage mich, wie lange es dauern wird, bis Lea MOVCON alarmiert. Wenn die mich nicht erreichen, werden sie die Militärpolizei einschalten. Bis sie anfangen mich zu suchen, bin ich längst über alle Berge.

Seit Wochen habe ich versucht, mit Lea über meine Zweifel, meine Probleme zu sprechen. Ich fühle mich eingesperrt, ich verstehe mich nicht mit den Vorgesetzten, ich sehe überhaupt keinen Sinn in dem, was wir hier tun. Lea versteht mich nicht.

Sie ist jung, für sie ist das alles ein Abenteuer, das sie zu bestehen hat. Sie tut, was man ihr sagt, und am Abend geht sie ins Gym und trainiert, bis sie so kaputt ist, dass sie nur noch schlafen will. Wir teilen uns nicht nur ein Büro, wir wohnen auch im selben Container, sind quasi vierundzwanzig Stunden am Tag zusammen, aber selbst nach vier Monaten habe ich nicht das Gefühl, sie zu durchschauen. Vielleicht gibt es bei ihr nichts zu durchschauen, sie scheint eine völlig geheimnislose Frau zu sein, hübsch, fit, effizient, gewissenhaft. Sie lacht viel, aber sie ist nicht wirklich fröhlich, wirkt immer leicht genervt, geladen. Als wir im Container einzogen, stellte sie ein paar Fragen, die sie mir schuldig zu sein schien, bist du verheiratet, hast du Kinder? Jungs oder Mädchen? Wie alt? Dein Beruf? Deine Hobbys? Ich fragte anstandshalber zurück. Nicht nach Kindern, dafür war sie zu jung. Sie erzählte mir, sie habe einen Verlobten in der Schweiz. Auf ihrem Nachttisch stand ein Foto von einem properen jungen Mann, Student der Wirtschaftswissenschaft, wie sie selbst. Sie redete ziemlich viel, trotzdem hatte ich nicht das Gefühl, als gäbe sie irgendetwas von sich preis. Hast du kein Bild deiner Familie? Ich bin nicht hierher gekommen, um an meine Familie zu denken, sagte ich. Sie verzog den Mund und hob die Augenbrauen, als bewunderte sie mich dafür, aber ich glaube, sie wurde ebensowenig schlau aus mir wie ich aus ihr. Danach sprachen wir nie mehr von unseren Leben in der Schweiz.

An Armin möchte ich nicht denken. Er hat mich von allen am wenigsten verstanden. Meine Unzufriedenheit, meinen Wunsch auszubrechen, wegzukommen und dann auch noch zur Truppe. Das musste ausgerechnet ihm passieren, der immer so stolz darauf war, den Militärdienst verweigert zu haben. Das war seine Darstellung. In Wirklichkeit hatte er sich einfach für den Zivildienst entschieden, das war keine Verweigerung, keine Heldentat, der Weg des geringsten Widerstands. Und jetzt meldet sich seine Frau für die Friedenstruppe, kriegt eine Pistole und lernt schießen. Seine Frau. Ich bin nicht seine Frau, nicht mehr. Eigentlich war ich es noch nie. Er hatte unbedingt heiraten wollen, als ich schwanger wurde. Es war seltsam, aber ich hatte vom ersten Moment an das Gefühl, dass er mir das Kind angehängt hatte, dass es sein Kind war, das er in mir ausgesetzt hatte, um meinen Körper zu kolonisieren.

Als ich das Personalblatt für den Einsatz ausfüllte, zögerte ich, wen ich als Notfallkontakt angeben sollte, und dann noch einmal, als ich die Art der Beziehung ankreuzen musste. Ehepartner, ich mag das Wort nicht. Ganz am Schluss des Formulars stand, Letzter Wunsch, und man musste ankreuzen, ob man sich ein militärisches oder ein ziviles Begräbnis wünschte. Ich fand das lustig, Armin nicht. Den Kindern habe ich nichts davon gesagt.

Geh doch mal für ein Wochenende weg, hatte Armin gesagt. Mit ein paar Freundinnen, Wellness, den Kopf freibekommen. Oder mach einen Sprachaufenthalt. Zwei Wochen Florenz. Du wolltest doch immer dein Italienisch verbessern. Vier Wochen meinetwegen. Er hatte überhaupt nichts begriffen. Ein halbes Jahr? Die Kinder sagten, das schaffen wir schon. Sie waren ja keine Kinder mehr. Ich hatte den Verdacht, dass sie sich in dieser Familie genauso eingesperrt vorkamen, aber das Ende ihrer Haft war absehbar, während mein Urteil lebenslänglich lautete. Rund um uns fingen unsere Freunde an, sich zu trennen. Für Armin war es jedes Mal ein Triumph, wenn er wieder von einer Scheidung erfuhr. Uns konnte das nicht passieren, ihm konnte das nicht passieren.

Jede und jeder hat seine Gründe hier zu sein. Manchmal kam man zufällig darauf zu sprechen, beim Essen in der Dining Facility, beim Kaffee im Aufenthaltsraum des Medical Center, wenn jemand aus irgendeinem Grund zu uns ins Personalbüro kam, in den 1er Bereich, wie das hier heißt, wegen eines Urlaubsgesuchs oder eines Freizeitaktivitätenantrags und wir ins Gespräch kamen. Einer hatte jahrelang seine kranke Mutter gepflegt, dann war sie gestorben, und er wusste nicht, wohin mit sich. Ein anderer hatte seine Stelle bei einem Fuhrunternehmer verloren und gehört, dass die Friedenstruppe Fahrer suchte, eine wollte Diplomatin werden und dachte, ein Auslandseinsatz würde sich im Lebenslauf gut machen, einer wollte kurz vor der Pensionierung noch mal etwas erleben, überhaupt zum ersten Mal etwas erleben. Ein paar waren Berufsmilitärs oder wollten es werden. Die Jungen steckten meist noch in einem Studium fest und nahmen sich diese Auszeit, um sich über irgendetwas klarzuwerden, von dem sie wohl selbst nicht wussten, was es war. Und ich? Ich wehrte ab, und niemand fragte nach. Wir lebten hier so eng aufeinander, dass wir alle das bisschen Privatheit respektierten, das uns blieb, das Geheimnis der eigenen Geschichte. Die Tarnanzüge ließen uns vor dem Hintergrund verschwimmen und machten uns gleich. Man erzählte, was man erzählen wollte, ansonsten lebte man von Tag zu Tag, machte seine Arbeit, ging ins Gym oder in eins der Restaurants im Camp, Pizza essen bei den Italienern, einen Balkan Burger im Bistro-L, Kaffee trinken im Cup of Books. Dort gab es den besten Kaffee im Camp, aber die Bücherregale an den Wänden waren nur Tapeten. Immer am Dienstag war Trivia Night bei den Amerikanern, da war ich nur einmal hingegangen. Von den Bands, den Fernsehserien, sogar den Schauspielern, zu denen da Fragen gestellt wurden, kannte ich noch nicht mal die Namen. Bei den Fragen zu Sportereignissen konnte man mich sowieso vergessen, NBA, NHL, NFL, keine Ahnung. Einmal schleppte Lea mich mit ins Gym, erst zum Badminton, das war okay, dann in den Kraftraum. Riechst du das Testosteron?, fragte sie lachend, als wir den niedrigen Raum voller Kraftgeräte betraten. Ich rieche Schweiß, sagte ich und hatte das unangenehme Gefühl, von ein paar Dutzend Männern angestarrt und taxiert zu werden. Ich kam mir lächerlich vor in meinen Leggins und mit meinem Tanktop. Gegen Leas trainierten Körper hatte ich keine Chance. Wir verzogen uns in eine Ecke, aber ich hielt es keine zehn Minuten auf diesen Maschinen aus, die sinnlose Kraftanstrengung, die endlose Repetition der immer gleichen Bewegungen erinnerten mich zu sehr an mein Leben im Hamsterrad.

Schon fertig trainiert?

Ich gehe spazieren.

Das Gelände des Camps ist nicht groß. Bei den Helikopterlandeplätzen gibt es ein wenig Grün, eine Runde um die Wiese dauert zehn Minuten, wenn man gemächlich geht, auch eine Art Hamsterrad, aber wenigstens ein großes.

Da saß ein Mann im Dunkeln auf der Treppe des Wachtturms. Für die Bewachung des Camps sind die Griechen verantwortlich. Kaliméra, sagte ich. Ich hatte keine Angst trotz der Dunkelheit. Es gibt sehr strikte Regeln, was den Umgang der Geschlechter angeht, eine Genderbeauftragte der KFOR, an die man sich wenden kann, wenn einer sich nicht daran hält. Gegen das Anstarren, gegen dumme Sprüche gibt es kein Gesetz, aber Übergriffe werden streng geahndet und kommen selten vor. Vor einigen Wochen wurde einer erwischt, ein großer Blonder, der wie ein Vikinger aussah und den ich vom Sehen kannte. Er hatte sich in eine Frau verknallt und war nachts in ihren Container eingedrungen. Sie erwachte mitten in der Nacht, und er stand einfach da vor ihrer Pritsche, starrte sie an mit stumpfem Blick. Wie ein dummer Elch, sagte sie lachend, like a fucking moose. Einen Tag lang wurde über nichts anderes geredet, wir machten uns lustig über den Vikinger, aber von da an schlossen wir Frauen nachts die Container ab. Und der Mann wurde zurück nach Hause geschickt.

Kaliméra sagt man nur bis zum Mittag, sagte der Mann auf der Treppe, danach sagt man Kalispéra. Valon? Was machst du denn hier?

Er hatte seine Freundin angerufen, wollte seine Ruhe, möglichst weit weg sein von allem. Sie haben gerade eine schwierige Zeit. Ist ja klar. Wo gehst du hin, wenn du deine Ruhe haben willst? Ich rufe nie zu Hause an, sagte ich. Ich schreibe Textnachrichten. Du bist ganz schön tough, sagte er und lachte bemüht. Eine richtige Soldatin. Ich verstehe das als ein Kompliment. Wir schwiegen. Ich schaute auf den Zaun im Scheinwerferlicht, die grünen Tarnnetze, mit denen er verhängt war, den Nato-Draht, die Kameras, er schaute an mir vorbei ins Leere. Hast du dir das alles so vorgestellt?, fragte er. Es klang, als frage er sich das selbst. Ich komme mir ein wenig vor wie in einem Gefängnis, sagte ich. Ich bin hierhergekommen, um aus meinem Alltag auszubrechen, etwas zu erleben, und jetzt sitze ich in einem hässlichen Büro, fülle Formulare aus, und es gibt noch mehr Regeln und Vorschriften, an die ich mich halten muss. Im Gefängnis hat man keinen Ausgang, sagte Valon. Zwei Stunden, sagte ich, und mit Waffe und im Kampfanzug, das ist nicht meine Vorstellung von Freizeit. Zurückkommen ist deprimierender als gar nicht rausgehen. Die Truppe ist wie eine Religion, sagte Valon, die Regeln gelten nur für die, die daran glauben. Du könntest deine Uniform ablegen, deine Waffe, und hier herausspazieren. Kein Mensch würde dich aufhalten. Ich lachte. Stell dir vor!

Was mir am meisten fehlt, ist die Schönheit, sagte er. Nichts hier ist schön. Nicht die Wohncontainer, nicht die Büros, nicht die Läden, die Restaurants. Diese scheußlichen grau marmorierten Linoleumböden, die billigen Büromöbel. Schau dir unsere Kampfanzüge an, man kann kaum unterscheiden, ob ein Mann oder eine Frau darin steckt. Sogar im Gym haben die Leute diese schrecklichen Sachen an. Funktionstextilien, schon dieses Wort. Alles hat eine Funktion, alles erfüllt einen Zweck, auch wir, aber nichts ist schön. Hast du gesehen, was sich die Leute in ihren Containern an die Wände hängen?

Er war aufgestanden, und wir gingen langsam zusammen weiter. Hast du jemals Blumen gesehen im Camp?, fragte er. Glaubst du, man kann sterben an einem Mangel an Schönheit? Ich lachte und klopfte ihm auf die Schultern. Du wirst es schon überleben. Wir haben eine Topfpflanze bei uns im Büro, sagte ich, eine Dieffenbachie. Die kenne ich, sagte er, die sind hässlich.

Ich weiß nicht, wie oft wir an diesem Abend um die Wiese gingen. Valon erzählte mir von den Problemen mit seiner Freundin, von ihrem Kinderwunsch und seinem Zögern, von seinem Studium in Interaction Design. Was ist das denn? Es geht um zukunftsweisende Technologien, Embodied Interaction, Soft Architecture, um einen human-centred Designansatz. Er lachte und zuckte mit den Schultern, was für ein Unsinn. Wenn er zurück sein würde, wollte er trotzdem den Master machen. Ich habe schon zu viel Zeit investiert. Und wenn ich den Abschluss habe, kann ich ja immer noch machen, was ich will. Er war der Erste in seiner Familie, der studierte. Kommt ihr von hier? Aus Mazedonien, sagte er, die Familie meiner Freundin auch. Aber meine Muttersprache ist Albanisch.

Was erzählte ich? Nicht viel. Dass ich verheiratet war, dass ich meinen Beruf aufgegeben hatte, als die Kinder kamen. Dass ich immer gemacht hätte, was man von mir erwartete. Und mich dabei nie gefragt hätte, was ich eigentlich wollte. Ich habe mich an alle Regeln gehalten, aber nie über den Sinn dieser Regeln nachgedacht. Warum muss ich mich um die Kinder kümmern? Warum muss ich meine Karriere auf Eis legen, während Armin sich zu Tode schuftet? Warum müssen wir ein Haus haben, ein Auto? Warum fahren wir immer in die Berge in die Ferien und nicht ans Meer, wie ich es gern möchte? Warum bin ich hier?

Ich habe gehofft, Landschaften zu sehen, aber inzwischen ist es ganz dunkel draußen, nur manchmal ziehen Lichter vorüber, Reihen von Straßenlaternen, beleuchtete Industriegelände, Tankstellen, Siedlungen, einzelne Häuser. Kein Mensch auf der Welt weiß, wo ich bin, nicht einmal ich selbst.

Es ist warm im Bus, viel zu warm. Ich habe die Lederjacke ausgezogen und in die Gepäckablage über mir gestopft. Aus den Lautsprechern tönt Ethnopop, nervöse Musik, aber so leise, dass sie nicht stört. Jemand schnarcht. Das Kind im Sitz vor mir spielt auf seinem Handy ein Spiel, Jump and Run, eine kleine Figur mit grünen Haaren rennt durch ein System von unterirdischen Tunneln und Röhren, überall lauern Gefahren, aber das Kind ist geschickt und weicht allen aus. Wer wegläuft, überlebt. Ich habe ein letztes Mal auf mein Handy geschaut, viele Nachrichten, viele Anrufe von Lea, vom MOVCON, sogar von zu Hause. Sie müssen Armin verständigt haben, er ruft sonst nie um diese Zeit an. Ich habe das Handy ausgeschaltet. Jetzt bin ich völlig unsichtbar.

Die Vorstellung, was Lea von mir denkt, belustigt mich. Sie tun immer alle so tough, sie sind fit und wachsam, sie unterladen ihre Waffen, wenn sie das Camp verlassen, halten sich an alle Vorschriften, beachten die Dienstwege, benutzen die militärischen Abkürzungen, als hätten sie sie mit der Muttermilch aufgesogen. Irgendwann habe ich eine Regel gebrochen, eher zufällig, mich nicht an die Vorschriften gehalten, und nichts ist passiert. Valon hatte recht, die Regeln gelten nur, solange man an sie glaubt. Niemand zwingt mich hier zu sein. In meinem Kopf habe ich den Vertrag gekündigt, mein Leben in die Hand genommen. Jetzt entscheide ich für mich selbst. Ich laufe weg.

Um elf sind wir an der kroatischen Grenze, und alle müssen wieder raus aus dem Bus. Auf dem riesigen, von Scheinwerfern beleuchteten Gelände gibt es wohl zwanzig Spuren und Barrieren, aber nur zwei davon sind geöffnet, eine für Personenwagen, eine für Busse. Wir stehen in der Schlange vor dem Schalter. Es ist kalt, ich hätte die Jacke anziehen sollen. Erst kontrollieren uns die Serben, zu Fuß gehen wir hundert Meter durch Niemandsland, dann kontrollieren uns die Kroaten. Als ich dran bin, lässt mich die Grenzbeamtin aus der Reihe treten. Wait, sagt sie und macht mit den Übrigen weiter. Der Bus ist an uns vorbeigefahren und wartet auf der anderen Seite. Was, wenn sie mich nicht durchlassen? Wenn sie mich meine Sachen holen lassen und mich dann festhalten hier? Wenn sie mein Gepäck durchsuchen und die Pistole finden? Da winkt die Zöllnerin, ich kann passieren.

Valon ist Sanitätsfahrer, San Fahrer. Mit seiner Ausbildung hätte er auch einen besseren Job kriegen können, irgendwas in einem Büro, in den HR oder der Kommunikation, aber er war schon im Militär Fahrer, er liebt es zu fahren. Nach dem Mittagessen hatte er mich mit in den Sanitätsposten genommen. Ich muss dir etwas zeigen. Er öffnete die Tür zur Garage, da stand ein Monster von einem Sanitätsfahrzeug. Ein gepanzerter Duro, dreizehn Tonnen schwer, zweihundertfünfzig PS. Er strahlte und tätschelte den Wagen mit der Hand. Weißt du, was der Witz ist? Im Moment ist keiner hier, der ihn fahren darf, der die nötige Bewilligung hat, und jetzt steht er rum und kriegt Standschäden. Wir setzten uns in die Führerkabine, und er tat, als würde er den Wagen fahren, machte sogar brummend die Motorengeräusche nach wie ein spielendes Kind.

Du bist der erste Albaner, mit dem ich mehr als ein paar Sätze wechsle, sagte ich, die Putzleute sprechen ja nur Albanisch. In der Ausbildung hatte man uns ermahnt, keinen Kontakt zur Lokalbevölkerung zu suchen. Das war nicht unsere Aufgabe. Unsere Mission war es, den Frieden zu sichern. Ich bin ja eigentlich Mazedonier. Und inzwischen Schweizer, sagte Valon, dein erster Albaner ist gar kein richtiger. Mein Albaner?, sagte ich und blinzelte ihm zu.

Er lud mich auf einen Kaffee in den Aufenthaltsraum ein. Die Chief Nurse war auch da, eine nette Waadtländerin, und ein österreichischer Arzt. Die Stimmung hier war ganz anders als bei uns in den Büros, lockerer, freundlicher, fast herzlich. Auf den Tischen waren Weihnachtsdekorationen, LED-Kerzen, Tannenzweige, billige Christbaumkugeln aus Plastik und in mit goldenen Sternen bedruckten Papptellern Weihnachtskekse und Schokoladenherzen. Vor den Feiertagen hätten sie alle Hände voll zu tun, sagte die Chief Nurse. Die Leute kämen wegen Kopfschmerzen oder Schlaflosigkeit, säßen auf der Pritsche im Behandlungszimmer, und dann weinten sie einfach los. Einige weinen, weil sie hier bleiben müssen, andere, weil sie nach Hause fahren. Die Härtesten können am wenigsten damit umgehen, sie wissen nicht, wie ihnen geschieht. Diese ganzen Emotionen. Wir verschreiben Weihnachtsplätzchen, sagte der Österreicher lachend, Zimtsterne und Vanillekipferl helfen am besten gegen den Lagerblues. Magst du welche? Er schob einen der Pappteller über den Tisch zu mir.

Was hängt denn bei dir über dem Bett, fragte ich Valon, als er hinter mir ins Freie trat. Keine Bikini-Schönheit? Ich zeige es dir, sagte er. Er teilte seinen Container mit einem anderen Fahrer, einem Innerschweizer, den ich vom Sehen kannte, aber der war ins Camp Novo Selo gefahren und würde erst am Abend zurück sein.

Hoffentlich sieht uns keiner, sagte Valon, als er die Tür zu seinem Container öffnete. Das war das erste Mal, dass ich überhaupt an diese Möglichkeit dachte, das erste Mal, dass der Gedanke konkret wurde. Dass Valon die Tür hinter uns schließen, dass er mich in die Arme nehmen, mich küssen könnte. Ich wartete darauf, auch wenn ich wusste, dass es nicht geschehen würde. Wann hatte ich zum letzten Mal einen Mann berührt? Wann war ich das letzte Mal berührt worden? Ich hätte Valons Mutter sein können, aber es war ja nur eine Fantasie, da spielte der Altersunterschied keine Rolle. Auch er wirkte plötzlich befangen, schien zu spüren, dass wir eine Grenze überschritten hatten, die plötzliche Nähe, die geschlossene Tür, die Möglichkeiten, die sich daraus ergaben. Wir standen vor seiner Pritsche, und er erklärte mir das Poster, das darüber hing und das er selbst gestaltet und mitgebracht hatte, eine rätselhafte Landschaft in dunklen Farben, eine Mischung aus architektonischen und organischen Elementen, die in irgendeinem Zusammenhang standen. Ich habe alles, was er sagte, sofort wieder vergessen, habe es gar nicht gehört. Ich habe sein Aftershave gerochen, die Wärme seines Körpers gespürt, so nah standen wir beieinander. Ich habe meine Hand auf seine Schulter gelegt, als müsste ich mich abstützen, und wir sind eine ganze Weile schweigend vor dem Bild gestanden. Dann beugte er sich vor und nahm etwas vom Nachttisch. Das ist meine Freundin, sagte er und hielt mir einen kleinen Rahmen mit dem Bild einer hübschen jungen Frau unter die Nase. Ich hätte ihn ohrfeigen können.

Nach Mitternacht vergeht die Zeit nicht mehr. Wir sind in die Nacht hineingefahren wie in einen dunklen Raum, irgendwann werden wir sie wieder verlassen. Das monotone Brummen des Motors, die trockene Wärme, die vorbeiziehenden Lichter. Bin ich eingeschlafen? Ich sehe nur unsere Hände, die wie zwei kleine Tiere miteinander spielen, sich berühren, streicheln, sich ineinander verknäueln, unsere nackten Hände. Ich habe meinen Ehering zu Hause gelassen. Armin hat es gemerkt, er hat mich darauf angesprochen. Weshalb soll ich den mitnehmen? Er kann nur verlorengehen. Ich habe den Grabstein, die Erkennungsmarke mit meinem Namen darauf, meinem Geburtsdatum, meiner Matrikelnummer. Ich kann nicht verlorengehen. Habe ich da schon an die Möglichkeit einer Affäre gedacht? Aber ich will keine Affäre. Ich will Nähe, ich will gesehen werden und berührt. Valon ist da in meinen Träumen, er füllt den Raum aus, in dem ich mich befinde. Er ist die dunkle Materie meiner Tage, die wirkt, ohne dass man sie sehen oder berühren kann. Ich denke an ihn, wenn ich unter der Dusche stehe, ich denke an ihn, wenn ich nachts das Licht gelöscht habe, wenn meine Hand zu seiner wird.

Die Musik ist verstummt. Rund um mich schlafen die anderen Passagiere. Nur das Kind flieht noch immer durch sein endloses Labyrinth. Ich greife in die Tasche, berühre die Pistole, nehme sie in die Hand, ihr Gewicht gibt mir Sicherheit und

Kraft. Einmal waren wir auf dem Schießplatz, Valon und ich standen direkt nebeneinander. Bei jedem Schuss hätte ich jauchzen können. Ich machte mehr Punkte als er. Auf dem Rückweg hielt ich die Pistole im Schoß, die Soldatenbraut, mein Bräutigam. Figuren schweben im Raum, Armin, die Kinder, meine Eltern, die Schwiegereltern, sie kommen und gehen, sie stehen neben mir wie an einem Krankenbett, lösen sich wieder auf. Ich sehe T-Scheiben, stilisierte Menschen, die mich zurückhalten wollen. Ich ziele auf sie, drücke ab, aber kein Schuss löst sich, nichts geschieht. Draußen ziehen Lichter vorbei.

Plötzlich hält der Bus an, ich muss doch eingeschlafen sein. Es ist fünf Uhr früh, wir sind erst bei Maribor, Stunden hinter dem Fahrplan zurück. Es regnet. Der Bus leert sich, vor der Toilette der Tankstelle bildet sich eine Schlange, sogar bei den Männern. Einige kaufen sich einen Becher Kaffee, telefonieren mit Angehörigen, die Stimmen gedämpft. Die Gesichter wirken aufgelöst, weich geworden von der Müdigkeit. Noch fünf Stunden, sagt der Fahrer, wenn alles gut geht. Er hupt zweimal, es geht weiter.

Lea war über die Feiertage zu Hause gewesen, aber sie erzählte nichts von ihrem Heimurlaub. Mir fiel nur auf, dass das Bild von ihrem Freund vom Nachttisch verschwunden war. Sie war gereizt in diesen Tagen, ereiferte sich wegen jeder Kleinigkeit, schimpfte über das HQ. Sie hatte den Kopf nicht bei der Sache, machte Fehler, vergaß Dinge und ärgerte sich darüber. Macht doch nichts, sagte ich, ich kümmere mich darum. Dass sie etwas mit Rico hatte, war erst nur ein Gerücht, ich weiß nicht, von wem ich es hörte.

Lea war nicht die Einzige, die eine Krise hatte. Viele in der Truppe waren angespannt, genervt, aggressiv. Sogar Valon wirkte verschlossen, wenn ich in der Krankenstation vorbeischaute. Die Chief Nurse, für die es nicht der erste Einsatz war, sagte, das sei normal nach den Feiertagen. Wenn es wärmer wird, werden sich die Leute wieder beruhigen. Nimm ein Stück Schokolade.

Lea warf mir vor, dass ich nie etwas unternehme, ich könnte doch mal zu einem Filmabend gehen, am Donnerstag zeigten sie *Saving Private Ryan*, oder zur Trivia Night heute Abend. Ich gebe zu, ich war schwer von Begriff, vielleicht wollte ich sie auch nicht verstehen, gönnte ihr nicht, was mir selbst versagt war. Ich möchte einfach mal den Container für mich haben, sagte sie. Ein paar Stunden, einen Abend lang, ist das zu viel verlangt? Nein, nein, natürlich nicht. Verzeih. Gleich heute Abend gehe ich aus.

Nach dem Essen in der D Fac verließ ich das

Camp zum ersten Mal seit Wochen. Ich schlenderte die Straße hinunter, vorbei an Kleiderläden und Tattoo-Studios. Bis zum Kreisverkehr ging unser Ausgangsrayon, weniger als einen Kilometer weit. Ich hatte mir vorgenommen, Blumen zu kaufen, aber weder bei Viva Fresh noch bei Spar fand ich welche. Im Ausstellungsraum von Jysk standen gedeckte Tische, gemachte Betten, breiter und weicher als unsere Pritschen, mit bequemen Matratzen, dicken Daunendecken, Kissen. So schön, so bequem konnte das Leben sein. Ich stellte mir vor, wie Valon mir einen Kaffee ans Bett brächte, er hatte nur ein Handtuch um die Hüften gewickelt, sein muskulöser Körper, seine glatte Haut. Er legte sich neben mich, küsste mich, lachte. Ich streifte ihm das Handtuch von den Hüften. Die Sonne schien durch das Fenster, ein Bild wie aus einem Werbespot. Zugleich musste ich mir Lea vorstellen, wie sie und Rico in unserem Container vögelten. Ich sah sie noch vor mir auf diesen Kraftmaschinen, wie sie sich schwitzend abmühte, und irgendwie vermischten sich diese zwei Bilder, sie auf der Hantelbank, sie und Rico auf der Pritsche, hechelnd, schwitzend.

Es gab künstliche Blumen bei Jysk, künstliche Topfpflanzen. Schon das Gewicht der Töpfe verriet die billige Imitation. Dann lieber keine Blumen.

Draußen dämmerte es. Die Bäume entlang der Straße waren voller Stare, die sich hier für die Nacht niedergelassen hatten. Während jeder nach einem Plätzchen suchte, veranstalteten sie ein Heidenspektakel. Vor ein paar Tagen hatte ich sie in der Luft gesehen, einen riesigen Schwarm, der über den Himmel streifte in sich immer verändernden Formationen. Ich musste an ein Gedicht denken, aber da waren es Krähen im schwirren Flug. Es war kalt, und ein eisiger Wind blies. Wie oft hatte ich gefroren hier, seit Monaten schien ich fast immer zu frieren.

Bei Burger King trank ich einen Kaffee, ein altes Ehepaar grüßte mich respektvoll. Draußen war es inzwischen dunkel geworden. Auf der gegenüberliegenden Straßenseite waren in einem niedrigen Gebäude drei Massagesalons mit blinkenden Lichterketten dekoriert, Flo Massage Vip2, Excellence Massage und Princess Massage. Schon als wir nach unserer Ankunft vom Flughafen ins Camp gefahren worden waren, waren mir die unzähligen Massagestudios an der Straße zum Camp aufgefallen. Natürlich würde nie jemand von der Friedenstruppe diese Salons besuchen, das verstieß gegen die Rules of Behaviour. Aber sie waren da, irgendjemand musste ja hingehen. Beim Mittagessen waren wir mal auf das Thema gekommen, die Männer hatten nichts Falsches gesagt, trotzdem hatte ich danach ein ungutes Gefühl. Boys will be boys, hatte eine der griechischen Guards lachend gesagt, eine schöne junge Frau mit langen Haaren und gemachten Nägeln. Vielleicht musste man so jung und schön sein, um den Männern zu verzeihen.

Dann bin ich einfach weitergegangen, der M2 entlang. Da gab es nichts zu sehen. Rechts der Zaun des Camps Slim Lines, wo die Portugiesen und die Ungarn sitzen, links der Zaun um die amerikanische Botschaft, dann der orthodoxe Friedhof. Ich darf hier nicht sein, aber was kann mir schon passieren? Würde mich die Militärpolizei erwischen, gäbe es eine Meldung ans Kommando, einen Rüffel vielleicht. Eure Regeln gelten nicht mehr für mich.

Irgendjemand musste Valon und mich gesehen haben. Plötzlich waren wir in den Köpfen der Leute ein Paar. Lea machte spöttische Bemerkungen, der Kommandant eine versteckte Andeutung, es schien eine vorsichtige Ermahnung zu sein. Der Zimmergenosse von Valon schaute mich schräg an. Eigentlich konnte es mir egal sein, vielleicht war ich sogar ein wenig stolz, dass sie mir das zutrauten. Als ich mich im Cup of Books zu meinen Kameraden setzte, verstummten sie, und es dauerte einen Moment, bis sie wieder in ein Gespräch zurückfanden. Fährt jemand zum Skiwochenende nach Popova Šapka?, fragte einer. Einige hatten sich angemeldet, ich mich auch. Und Valon kommt nicht mit?, fragte Lea und zog die Augenbrauen hoch. Die anderen lachten. Keine Ahnung, sagte ich. Er ist ein freier Mensch. Er kann tun und lassen, was er will.

Wir haben nur bis acht Uhr abends Ausgang, aber als ich zurückkam, war es schon nach neun. Niemand fragte, wo ich gewesen sei, warum ich erst jetzt zurückkäme. Jedes Kontingent hatte eigene Regeln, eigene Ausgangszeiten, eigene Rayons, die Wachen hatten keinen Überblick, kontrollierten nur, ob man eine Zutrittsberechtigung hatte.

Unser Gebäude bestand aus aufeinandergestapelten schmutzig weißen Containern, die Rollläden der kleinen Fenster waren geschlossen, kein Licht war zu sehen. Der asphaltierte Platz davor war leer, keine Ahnung, wo alle waren. Es war wirklich ein hässlicher Ort. Die Vorstellung, Lea und Rico in unserem Container zu überraschen, widerte mich an. Die Krankenstation gleich gegenüber der Unterkunft war längst geschlossen, aber im Fenster des Aufenthaltsraums brannte Licht. Als ich nähertrat, sah ich Valon dort an einem der Tische sitzen, eine Flasche Bier und einen Teller mit alten Weihnachtskeksen vor sich und ein Buch in der Hand. Ich klopfte an die Scheibe. Erschrocken schaute er hoch, dann lächelte er und winkte mir. Kurz darauf hörte ich, wie sich der Schlüssel im Schloss drehte. Komm rein, sagte er, willst du ein Bier?

Was liest du da? Ich nahm das Buch in die Hand. *On Photography* von Susan Sontag. Fürs Studium, sagte er, ein Klassiker. Hast du gewusst, dass sie Ehrenbürgerin von Sarajevo war? Er stellte ein Bier vor mir auf den Tisch. Sie hat dort während der Belagerung *Warten auf Godot* inszeniert.

Fühlst du dich hier zu Hause?, fragte ich. Meine Familie stammt aus der Nähe von Skopje, sagte er, als wir in die Schweiz kamen, war ich vier. Bei meinen Großeltern fühle ich mich zu Hause, aber nicht in Pristina und schon gar nicht hier im Camp. Ich wollte dir Blumen mitbringen, sagte ich, aber ich habe keine gefunden. Nur Topfpflanzen aus Plastik, aber die wollte ich dir nicht zumuten. Er lachte. Mir hat noch nie eine Frau Blumen geschenkt.

Er fragte, was ich vorhabe. Ich erzählte ihm, dass Lea mich rausgeschmissen habe, weil sie sich mit ihrem Lover treffen wollte. Ich habe keine Ahnung, wie lang die beiden brauchen. Wie lange braucht man dafür? Elf Minuten? Er lachte. Hoffentlich mehr. Dabei schauten wir uns etwas zu lang in die Augen. Ich habe jedenfalls keine Lust, sie zusammen zu erwischen. Dann musst du dir halt eine andere Bleibe für die Nacht suchen, sagte er, hob die Bierflasche und stieß mit mir an. Hast du gehört, was sich die Leute von uns beiden erzählen?, fragte ich. Er verzog das Gesicht. Ich bin doch viel zu alt für dich, sagte ich. Eine alte Schachtel. Du bist eine sehr attraktive Frau, sagte er. Als ich ihn anschaute, senkte er den Blick. Mein Zimmergenosse ist mit dem Konvoi unterwegs in die Schweiz, sagte er, heute Morgen sind sie losgefahren nach Durrës, da nehmen sie morgen die Fähre. Freitag sind sie zurück. Er redet nur noch, weil er die Stille nicht erträgt. Ich schaue ihm in die Augen, da ist auch er endlich still.

Irgendwann tauchen wir auf aus der Nacht. Da sind wir schon in Österreich. Der Regen hat aufgehört, in der Morgendämmerung sind die Silhouetten hoher Berge zu sehen, die das breite Tal säumen. Dann geht die Sonne auf, und die Landschaft erstrahlt im Licht. Die getönten Scheiben verleihen allem einen goldenen Glanz.

Lange Fahrten, Fahrten, bei denen man Tage und Nächte unterwegs ist, nie anzukommen scheint. Die Monotonie der Fortbewegung, die köstliche Müdigkeit, das war immer mein Traum. Mit dem Wohnmobil quer durch die USA, mit der Transsibirischen durch Sibirien, mit Kamelen durch die Wüste, mit einem Frachter über die Ozeane. Oder einfach losgehen ohne Ziel. Wenn sich im Herbst die Vögel sammeln, um in den Süden zu ziehen, überfällt mich jedes Mal das Fernweh. Ich will nicht dahin, wo sie hinwollen, ich will unterwegs sein. Ankommen ist immer eine Enttäuschung.

Valon hat, bevor er sein Studium anfing, ein paar Jahre als Fernfahrer gearbeitet, um Geld zu verdienen. Auch während der Semesterferien machte er noch ab und zu Fahrten, obwohl er als Graphiker viel mehr verdient hätte. Du bist den ganzen Tag unterwegs, erzählt er. Abends hältst du an einer Raststätte, wenn du Glück hast, gibt es Duschen, sonst wäschst du dich an einem Wasserhahn. Du kochst dir etwas auf dem Gaskocher und schläfst in der Kabine. Ist da Platz für zwei?, frage ich. Für zwei, die sich gern haben, sagt er. Die Pritsche ist jedenfalls breiter als diese hier. Nimm mich mit, habe ich gesagt.

Er hat mir noch einmal das Bild seiner Freundin gezeigt, es kam mir vor, als flehte er mich an, ihn zu verschonen. Ich habe das Pistolenhalfter abgelegt, den Kampfanzug ausgezogen, die Thermounterwäsche. Er hat mich angestarrt wie hypnotisiert. Gefällt dir, was du siehst?

Er ist aufgestanden und ans Fenster getreten. Er steht einfach nur da, scheint ein wenig zu zittern, vielleicht ist ihm kalt. Nach einer Weile bin ich zu ihm gegangen, habe ihn von hinten umarmt. Ich schmiege mich an ihn, spüre den rauen Stoff seines Kampfanzugs auf meiner nackten Haut. Erst als er sich umdreht, merke ich, dass er geweint hat. Hat er ein schlechtes Gewissen? Oder würde er tatsächlich gern mit mir im Truck durch die Länder fahren? Ich will es nicht wissen. Ich entschuldige mich. Tut mir leid, das Ganze ist ein Missverständnis. Ich hatte gedacht … Plötzlich packt mich eine furchtbare Scham, was ich getan habe, kommt mir ungeheuerlich vor. Ich werde ihm nie mehr in die Augen schauen können. Wird er es den anderen erzählen? Ich werde zum Gespött des Kontingents. Die Alte, die sich an den schönen Mazedonier rangemacht hat.

Ich raffe meine Sachen zusammen, ziehe mich an und fliehe aus dem Container. Früh am nächsten Morgen habe ich das Camp verlassen. Weg, nur weg von hier.

An der deutschen Grenze werden wir nicht kontrolliert, aber später, auf der Autobahn, hält die Polizei uns an. Zwei Beamte steigen in den Bus und beginnen akribisch, die Ausweise zu kontrollieren. Sie untersuchen jeden einzelnen Pass mit einer Lupe, halten die Ausweise gegen das Licht, prüfen das Papier, die Stempel. Sie rufen Verstärkung, und plötzlich sind acht Beamte im Bus und gehen durch die Reihen. Suchen sie jemanden? Nicht mich, das kann nicht sein.

Die Kontrolle dauert ewig. Die Polizisten sind nicht unfreundlich, trotzdem empfinde ich es als demütigend, als empörend, wie sie uns behandeln. Zum ersten Mal frage ich mich, wer meine Mitreisenden sind. Ich schnappe ein paar Antworten auf, die sie den Beamten geben. Sie sprechen vorsichtig, zögerlich, ihr Deutsch ist brüchig, ihr Englisch nicht besser, und sie müssen mit allem rechnen, sind der Staatsmacht ausgeliefert. Sie sind unterwegs, um eine Stelle anzutreten, um Familie zu besuchen, Freunde, Geliebte. Nur ein paar Tage, eine Woche. Sie leben in Deutschland, waren im Kosovo in den Ferien, sie waren bei einer Hochzeit, einer Beerdigung. Ich empfinde eine seltsame Solidarität mit diesen Menschen, auch wenn ich kaum mit ihnen gesprochen habe auf der Reise. Ich habe in ihrem Land gedient, der Zufall hat uns zusammengeführt, und wir waren eine Nacht lang zusammen unterwegs. Zum ersten Mal begreife ich, für wen ich da unten war und dass mein Einsatz nicht sinnlos war. Mit dem Fuß schiebe ich die Tasche mit der Uniform und der Pistole unter den Sitz. Eine Beamtin kontrolliert meinen Pass. Schauen Sie mich an, sagt sie und schaut mehrmals vom Bild im Ausweis zu mir und wieder zurück. Gefällt Ihnen, was Sie sehen?, frage ich. Irritiert gibt sie mir den Ausweis zurück und geht zum Nächsten.

In Rosenheim hält der Bus ein letztes Mal vor dem Ziel. Er hält an einer verlassenen Bushaltestelle im Grünen. Die Sonne scheint. Als die Türen sich öffnen, dringt Vogelgezwitscher herein und warme Luft. Ich gehe nach vorn zum Fahrer, frage, was los sei. Alle, die weiter als München wollen, müssen hier raus, sagt er. In einer halben Stunde kommt ein Bus, der nach Norden fährt, nach Stuttgart, Karlsruhe, Köln, nach Düsseldorf, Bochum, Dortmund. Jede Stadt eine Möglichkeit, ein Versprechen. Gibt es auch einen Bus zurück nach Pristina?, frage ich. Heute Abend um halb sieben, sagt er.

Die Türen des Busses haben sich schon geschlossen, dann gehen sie mit einem Zischen noch einmal auf. Der alte Mann, der hinter mir gesessen hat, kommt schwankend die Stufen herunter, sein Gesicht ist gezeichnet von Müdigkeit. In der Hand hält er meine Tasche. Er lacht. Nicht vergessen, sagt er und reicht mir die Tasche. Vielen Dank, sage ich, die werde ich noch brauchen.

Elins Äpfel

Äpfel, Kartoffeln, Kürbise. Ich kam vom Mittagessen mit einem Kunden, als ich das Schild am Straßenrand sah. Dass es mir auffiel, hatte weniger mit dem Schreibfehler zu tun als damit, dass die weiße Kunststofftafel mitten im Industriegebiet stand. Ich hatte keine Eile und parkte den Wagen am Straßenrand.

Es war ein wunderbarer Herbstnachmittag, kalt, aber sonnig. Die Luft war ganz klar, von den Hügeln in der Ferne leuchtete das bunte Laub der Wälder. Unvermittelt musste ich an meine Kindheit denken, an die endlosen Tage, an denen ich bei der Apfelernte hatte helfen müssen, an den Geruch des Fallobsts und des modernden Laubs. In der Stadt hatten die Jahreszeiten kaum Gerüche, vielleicht hatte ich deshalb in den letzten Jahren immer öfter das Gefühl gehabt, die Zeit laufe mir davon.

Erst als ich über die Straße ging, sah ich zwischen zwei großen Lagerhallen die kleine, windschiefe Hütte stehen. Sie war notdürftig aus allen möglichen Brettern, Hartfaserplatten und anderen

Materialien zusammengezimmert. Fenster gab es keine, nur ein paar Rahmen aus Dachlatten, die mit milchig trüber Plastikfolie bespannt waren. Wenige hundert Meter über mir dröhnte ein startender Jet. Ich schaute ihm nach, bis er aus meinem Blickfeld verschwunden war.

Es war niemand zu sehen, aber aus einem Ofenrohr, das aus dem Wellblechdach ragte, stieg Rauch auf. Ich klopfte, wartete, klopfte noch einmal und öffnete schließlich die Tür. Der Raum war voller Dampf, am entfernten Ende stand eine junge Frau an einem alten Holzherd. Sie trug Kopfhörer und hantierte mit einer großen Pfanne. Vermutlich hatte sie die Veränderung des Lichts bemerkt, jedenfalls drehte sie sich zu mir um und schaute mich erschrocken an. Erst als ich zu reden anfing, nahm sie den Kopfhörer ab. Für einen kurzen Moment hörte ich klassische Musik, ein großes Orchester, dann hatte sie einen Walkman aus der Tasche gezogen und ausgeschaltet. Der Fluglärm, sagte sie und zeigte mit dem Finger nach oben, von wo eben wieder ein startender Jet zu hören war.

Der Raum war fast leer. Neben dem eisernen Kochherd gab es eine Matratze, die auf alten Paletten lag. Daneben stand auf einer Holzkiste ein Kerzenständer. Der Tisch und die drei Stühle schienen vom Sperrmüll zu stammen. An der Decke brannte eine Petroleumlampe.

Die junge Frau schaute mich erwartungsvoll an, und ich fragte, Sie verkaufen Äpfel? Sie sind meine erste Kundin, sagte sie und lächelte, kommen Sie mit. Sie ging voraus durch eine niedrige Tür neben dem Herd, die mit einem alten Jutesack verhängt war. Als ich ihr folgte, sah ich in der Pfanne ein halbes Dutzend Einmachgläser in brodelndem Wasser stehen. Wieder musste ich an meine Kindheit denken, daran, wie ich meiner Mutter im Herbst beim Einkochen geholfen hatte. Stundenlang hatten wir zusammen Birnen geschält und Schnitze gemacht und Zwetschgen entsteint.

Hinter dem Durchgang war ein zweiter, kleinerer Raum. Auf dem gestampften Erdboden standen Lattenkisten mit Äpfeln und Kartoffeln und Zwiebeln, an den Wänden entlang auf Regalen Hunderte von Einmachgläsern. Ein seltsamer Ort, um Gemüse anzubauen, sagte ich. Die junge Frau drehte sich um und sagte mit finsterem Gesicht, vor fünfzig Jahren gab es hier nichts als Bauernland. Das müssen Sie mir nicht erzählen, sagte ich, meine Eltern waren Bauern.

Ich las die Etiketten auf den Einmachgläsern. Neben verschiedenen Obstsorten gab es Rotkohl und Rote Bete in Essig, Pilze, Tomatensugo und sogar fertige Suppen. Sie haben vorgesorgt, sagte ich, damit stehen Sie den Winter durch. Sie stand vor einer der Apfelkisten und schaute auf die

Früchte hinunter, als sähe sie sie zum ersten Mal. Wie viele wollen Sie?

Sie hatte keine Tüte, und so nahmen wir beide so viele Äpfel in die Arme, wie wir tragen konnten, und brachten sie hinaus zum Auto. Als ich in meiner Tasche nach dem Schlüssel fischte, fiel einer zu Boden und rollte davon. Wir legten die Früchte in den Kofferraum, dann hob die junge Frau den heruntergefallenen Apfel auf, wischte ihn sorgfältig mit dem Ärmel ihres Pullovers ab und reichte ihn mir. Ich fragte, was ich schuldig sei. Sie schaute mich an mit einem hilflosen Blick und sagte, ich heiße Elin. Sie streckte mir die Hand hin. Daniela, sagte ich und folgte ihr zurück in die Hütte. Sie setzte sich auf einen der Stühle und sagte mit fragender Stimme, zehn Franken? Das ist ein bisschen viel für ein Kilo Äpfel, sagte ich, fünf? Sie sprang auf und sagte mit aufgebrachter Stimme, ich brauche Ihr Geld nicht, lassen Sie mich doch in Ruhe! Ich legte einen Zehnfrankenschein auf den Tisch und sagte, Kürbisse schreibt man übrigens mit zwei s.

Ich hatte viel zu tun in der nächsten Zeit. Als ich vielleicht einen Monat später die Gemüseschublade des Kühlschranks offnete, lagen darin immer noch Elins Äpfel, verschrumpelt und mürbe geworden. Ich schämte mich, sie in den Müll zu werfen.

Am Wochenende fuhr ich noch einmal hinaus

ins Industriegebiet. Ich brauchte eine Weile, um den Ort zu finden, das Schild stand nicht mehr an der Straße. Es war ein nebliger, kalter Tag, mein Atem dampfte, und ich war froh, meine Daunenjacke angezogen zu haben. Wieder antwortete niemand auf mein Klopfen. Ich stieß die Tür auf und rief, hallo? Es kam keine Antwort, und ich trat in den schummrigen Raum, in dem es kaum wärmer war als draußen. Am Tisch blieb ich stehen und schaute mich um. Ich erschrak, als ich im Gewühl von Decken und Kissen auf dem Bett Elin entdeckte. Sie schien tief zu schlafen. Ich weiß nicht, was in mich fuhr, aber ich setzte mich auf den Rand der Matratze und strich ihr mit der Hand über das Haar. Das Mädchen rührte sich nicht. Ihr Gesicht war starr und von einer wächsernen Bleichheit, hätte ich nicht ihren schwachen Atem gespürt, ich hätte geglaubt, sie sei tot.

Ich ging in den Vorratsraum und von dort durch eine zweite Tür nach draußen. Vor mir lag ein Garten, der von einer hohen Hecke aus wilden Rosen umgeben war. Am entfernten Ende standen drei Apfelbäume, deren Laub schon gelb war. Neben dem Komposthaufen blühten Malven und Winterastern. Die meisten Beete waren abgeerntet. Auf einem lag das faulige Kraut einer Zucchinipflanze, daneben ein paar dürre, umgeknickte Maishalme, und um hohe Stangen wanden sich schwarz gewordene Bohnenranken. An einem Holzgitter hing eine Pflanze, deren verdorrte Blätter dünn und weiß wie Papier geworden waren. Auf dem Boden darunter lag eine halb verfaulte Gurke. Vom hintersten Beet leuchteten drei große orangefarbene Kürbisse. Über allem lag der Geruch von feuchter Erde und Verwesung.

Der Garten strahlte eine große Ruhe aus, und ich stand lange darin und dachte wieder an meine Kindheit, nicht so sehr an einzelne Erlebnisse als an die Zeitlosigkeit, die ich damals empfunden hatte, die Gefangenschaft in der Zeit, die zugleich Geborgenheit bedeutete und nach der ich mich manchmal sehnte in meinem atemlosen Leben. Alle paar Minuten startete über mir ein Flugzeug, aber nicht einmal der Lärm konnte die seltsam friedvolle Stimmung stören.

Elin lag immer noch im Bett und schlief, als ich zurück in die Hütte trat. Ich wollte ihr eine Nachricht hinterlassen, ein Zeichen, dass ich hier gewesen war, aber mir fiel nichts ein, was ich ihr hätte geben können. Schließlich holte ich einen Arm voll Äpfel aus dem Vorratsraum, legte einen Geldschein auf den Tisch und schrieb auf eine meiner Visitenkarten einen kurzen Gruß.

Ich musste viel an Elin denken in den folgenden Wochen. Besonders als es kälter geworden war und es tagelang regnete, sah ich sie vor mir in ihrer kleinen, ungeheizten Hütte sitzen und langsam ihre Vorräte verzehren und auf den Frühling warten. Ich hörte das Prasseln des Regens auf dem Wellblechdach, das Donnern der startenden Jets und den Lärm der Lastwagen auf der nassen Straße. Und manchmal war es mir, als spürte ich die klamme Kälte der Hütte, und ich musste einen Pullover anziehen, obwohl es in unseren Büros eher zu warm war als zu kalt. Dann fragte der Chef, ob ich krank sei, ich wirke erschöpft in letzter Zeit. Du arbeitest zu viel, sagte er. Das sagst ausgerechnet du, sagte ich und ging auf den Balkon, um eine Zigarette zu rauchen. Draußen fror ich noch mehr, und ich musste wieder an Elin denken, die mir vorkam wie der einsamste Mensch der Welt. Dabei hatte sie nicht unglücklich gewirkt, sondern sehr ruhig, als sei sie ganz mit sich und ihrer Umgebung im Einklang. Ich fragte mich, wie sie die Leere der langen Tage ausfüllte. Sie schien keine Bücher zu besitzen, keinen Fernseher, kein Handy, nichts, was sie mit der Außenwelt verbunden hätte. Schon als Kind hatte ich die Sonntagnachmittage kaum ertragen. Noch heute fürchtete ich sie und nahm an den Wochenenden, wenn immer möglich, Arbeit mit nach Hause oder fuhr sogar ins Büro, um meiner stillen Wohnung zu entkommen.

Unsere Büroräume lagen in der Nähe des Rotlichtviertels, wo sich alle möglichen dubiosen Gestalten herumtrieben. Unten auf der Straße stritten sich zwei Männer, sie schrien sich an in einer mir unverständlichen Sprache. Kurz darauf hörte ich das Heulen einer Polizeisirene, das sich näherte, und ich ging wieder hinein und arbeitete weiter. Auf dem Nachhauseweg machte ich den kleinen Umweg und fuhr durch das Industriegebiet und an Elins Hütte vorbei. Ich fuhr im Schritttempo, aber ich sah weder Rauch noch Licht, nichts, was darauf hingedeutet hätte, dass sie da wäre.

Von nun an fuhr ich jeden Abend bei Elin vorbei, aber nie war eine Spur von ihr zu sehen. Nach einem anstrengenden und frustrierenden Tag Anfang Februar parkte ich den Wagen auf der gegenüberliegenden Straßenseite und beobachtete die Hütte wohl eine Stunde lang. Am Morgen war etwas Schnee gefallen, der erste in diesem Winter. Auf der Straße war er längst geschmolzen, nur an den Rändern lagen noch die schmutzigen Haufen Matsch, die der Pflug zurückgelassen hatte. Aber auf dem Dach von Elins Hütte lag der Schnee weiß und unberührt, wie er gefallen war. Langsam wurde es dunkel, und plötzlich sah es aus, als leuchtete er von innen heraus und verwandelte diesen verlorenen Ort.

Ich dachte an mein Leben. Seit Ewigkeiten hatte ich keinen Tag mehr untätig verbracht. Ich hatte so viel gearbeitet in den letzten Jahren, dass es mir im

Rückblick erschien, als hätte ich gar nicht gelebt, als hätte ich die ganze Zeit auf etwas gewartet, das nie kommen würde. Ich stieg aus, rannte über die Straße und riss die Tür der Hütte auf, ohne zu klopfen. Niemand war da.

Ich weiß nicht, weshalb ich geblieben bin. Vielleicht habe ich zuerst wirklich auf Elin gewartet. Ich bin in den Garten gegangen, der vom diffusen Licht erleuchtet war, das hier überall ist, ohne dass man weiß, woher es kommt. Die Beete waren leergeräumt und lagen wie Gräber nebeneinander, von den Blumen war nur noch dürres Kraut übrig. Die mehrjährigen Stauden und Sträucher wurden vom schweren Schnee niedergedrückt. Ich schüttelte ihn sachte von den Ästen, damit sie nicht brächen. Immer wieder starteten Flugzeuge über mir. Die leuchtenden Kolosse waren von Wolken aus Dampf umgeben und hatten eine unwirkliche Schönheit. Ich ging in den Vorratsraum und zählte die Einmachgläser und rechnete im Kopf nach, wie lange man davon leben könnte. Dann ging ich in den anderen Raum, zündete die Petroleumlampe an und setzte mich an den Tisch. Ich hatte die Jacke im Auto gelassen, und mir war kalt. Kurz dachte ich daran, im Ofen ein Feuer zu machen, aber ich kannte mich nicht aus mit Holzöfen und hatte Angst, etwas falsch zu machen und womöglich die Hütte in Brand zu stecken. Ich nahm eine der alten

Armeewolldecken vom Bett und wickelte mich darin ein. Irgendwann legte ich mich hin. Als ich hungrig war, öffnete ich ein Einmachglas. Dann legte ich mich wieder ins Bett und schlief trotz des Lärms der Flugzeuge bald ein.

Zuhinterst im Garten fand ich in einem Bretterverschlag ein Plumpsklo. Der Geruch nach Urin und Kot war betäubend, aber der Ort war sauber, und es gab sogar Toilettenpapier. Zum Frühstück aß ich wieder Eingemachtes.

Als es hell wurde, wusch ich mich am Wasserhahn, den ich an der Außenwand der Halle nebenan entdeckt hatte. Ich dachte kurz daran, zu meinem Auto zu gehen, um meine Jacke und das Handy zu holen, aber es war mir unmöglich, es kam mir vor, als würde ich dadurch den Zauber dieses Ortes brechen und den ersten Schritt zurück in mein Leben machen. Also hängte ich mir die Wolldecke um die Schultern und ging in den Garten und beobachtete die Vögel, die Kerne aus den verdorrten Sonnenblumen pickten.

Ich frage mich, wie lange es dauern wird, bis sie mich hier finden. Wenn ich nicht ins Büro komme, wird mein Chef versuchen, mich anzurufen. Vielleicht wird er jemanden bei mir zu Hause vorbeischicken. Nach ein paar Tagen werden sie mich als vermisst melden, und es wird nicht lange dauern, bis die Polizei das Auto entdeckt. Sie werden die

Umgebung absuchen, es ist nur eine Frage der Zeit, bis sie hier auftauchen. Aber das alles kümmert mich nicht. Ich bin ein freier Mensch, ich laufe nicht mehr davon. Ich warte.

Ich werde versuchen, ein Feuer zu machen im Ofen, um Suppe aufzuwärmen. Vielleicht kann ich die paar Stellen im Dach ausbessern, an denen das Wasser hereintropft. Wenn der Schnee ganz geschmolzen ist, werde ich im Garten arbeiten. Es gibt viel zu tun. In der Holzkiste neben dem Bett gibt es Saatgut und Steckzwiebeln, und die Kartoffeln im Vorratsraum haben lange Triebe gebildet.

Ich glaube nicht, dass Elin zurückkommen wird, aber das spielt keine Rolle. Sie war bestimmt nicht die Erste hier. Sie hat jemanden abgelöst, so wie ich sie und wie jemand mich ablösen wird. Die Hauptsache ist, dass dieser Ort nicht aufgegeben wird, dass jemand hier ist und sich um den Garten kümmert.

Auf dünnem Eis II

In der App stehe ich mitten im See, ein runder roter Punkt auf der blauen Fläche. Jetzt ist da nur Sand, Lehm, von dünnen Rinnsalen durchzogen, an einigen Stellen gibt es kleine Tümpel, auf denen Wasserläufer herumrennen. Überall sind Fußspuren, ein Gewirr von Wegen, die andere vor mir gegangen sind, in alle möglichen Richtungen. Ein modriger Geruch liegt in der Luft, an einigen Stellen riecht es nach totem Fisch. Hundert Meter breit ist der Sandstreifen, fast bis zur Fahrrinne für die Kursschiffe kann man gehen, aber je näher ich dem Wasser komme, desto schwerer und nasser wird der Sand. Bei jedem Schritt sinke ich tiefer ein, wenn ich die Füße hebe, gibt es schmatzende Geräusche, und die Fußabdrücke füllen sich mit trübem Wasser. Ich spüre mein Gewicht wie selten zuvor. Jede Woche ein halbes Pfund mehr.

Vor einem Jahr waren die Ufer überschwemmt, und es gab Hochwasseralarm, jetzt ist Niedrigwasser, wie es nur alle zwanzig oder dreißig Jahre vorkommt. Es war ein trockener Winter, und in der

Höhe hat die Schneeschmelze noch nicht eingesetzt. Kein Grund zur Sorge, sagen die Meteorologen in der Zeitung, die Natur kann damit umgehen, wie sie mit dem Hochwasser umgegangen ist. Sie passt sich an. Wir passen uns an.

Als ich mich der Rheinmündung nähere, werden die Spuren weniger, nur Abdrücke von Vogelfüßen sind noch zu sehen, von Blesshühnern, vielleicht Möwen. Der Sandstreifen wird schmaler, bis er fast ganz verschwindet. Die Sonne scheint, aber es weht ein kühler Wind. Draußen auf dem Wasser fliegen Schwäne hoch, das Flappen ihrer Flügel, als sie dicht über das Wasser ziehen und dann Höhe gewinnen. Meine Schuhe sind nass, meine Beine mit Lehm bespritzt. Ich habe Gänsehaut.

Ich mache ein Foto vom See, von dem, was von ihm übrig geblieben ist. Ich setze mich ins Gras unter einen Baum, der direkt am Ufer steht, schicke das Bild an Jonas. Unser See verschwindet. Und einen Kussmund. Dann schicke ich das Bild auch an Manuel. Bin spazieren. Bis heute Abend. Sarah. Jonas antwortet sofort. Du fehlst mir, schreibt er. Drei Küsse. Fehlt er mir?

Ich hatte Jonas im Krankenhaus kennengelernt. Wir hatten Handynummern getauscht, aber dann hatte er sich nie gemeldet, und ich hatte keine Lust, den ersten Schritt zu machen. Er war mir ohnehin nicht besonders sympathisch, und sehr attraktiv fand ich ihn auch nicht, aber irgendetwas war da, eine dunkle Anziehung, die ich mir selbst nicht erklären konnte, eine Ahnung von einem Ausweg vielleicht. Sein Schweigen kränkte mich, und ich fing an, öfter als nötig ins Krankenhaus zu gehen, saß um die Mittagszeit in der Cafeteria im Neubau herum und trank Tee und ärgerte mich über mich selbst. Eigentlich mochte ich diese Cafeteria nicht, die weißen Wände, weißen Möbel, der helle Steinboden hatten etwas gnadenlos Klinisches, Menschen wirkten darin wie Fremdkörper, wie Schmutz, die Patienten mit ihren Versehrungen, ihren Verbänden, Rollstühlen, Infusionsständern waren eine Zumutung. Die verglaste Front ging direkt auf den Parkplatz und die Notfallzufahrt, wenigstens sah man im Hintergrund hinter ein paar Pappeln den See.

Irgendwann sah ich Jonas dann mit einem anderen jungen Mann und zwei Frauen, alle in weißen Arztkitteln. Die vier schienen gut gelaunt, sie kamen beschwingt in die Cafeteria, redeten angeregt und viel zu laut und lachten die ganze Zeit. Auch ohne ihre Kittel hätte man sofort erkannt, dass sie keine Patienten waren, sie strahlten diese ärztliche Zuversicht aus, die immer ein bisschen künstlich wirkt, zugleich hatte ihr lockeres Auftreten etwas Arrogantes, die Hierarchie war klar, sie waren die

Herren, die über Leben und Tod entschieden, während manche der Patienten eingeschüchtert wirkten, scheu, als sei es eine Schande, krank zu sein. Das lernten sie im Studium vor allem anderen, was ihr Status war. Jonas schien mich nicht bemerkt zu haben, und ich wollte mich schon verdrücken, aber dann konnte ich es nicht lassen und schrieb ihm eine Nachricht.

Welche von den beiden ist deine Freundin?

Ich sah, wie er sein Handy hervorzog und las. Er machte ein verdutztes Gesicht, schaute sich um. Unsere Blicke trafen sich, er lächelte. Aber statt zu mir zu kommen und mich anständig zu begrüßen, tippte er auf dem Handy herum.

Das sind nur Kolleginnen.

Ich hatte ihn von Anfang an geduzt, er mich gesiezt. Jetzt schien er die Anrede zu vermeiden.

Die Blonde ist die Hübschere, schrieb ich.

Sie hat einen Freund.

Aber wie sie dich anschaut. Du musst nur mit den Fingern schnippen.

Ich schaute zum Tisch der Medizinstudenten hinüber. Die blonde Frau hatte sich an Jonas gewandt, sich weit vorgebeugt, als wollte sie ihn küssen. Sie lächelte künstlich, sagte etwas. Er hielt sein Handy immer noch in der Hand, aber er schrieb nicht mehr. Die Frau war gar nicht besonders hübsch, hatte eines dieser austauschbaren Gesichter, die man sofort wieder vergisst. Nur ihr dichtes blondes Haar war außergewöhnlich, sie hatte es zu einem Zopf geflochten, der ihr bis zum Hintern reichte.

Ich wartete, nippte an meinem Tee, las in einer App die neuesten Nachrichten, den neuesten Klatsch. Nach einer Weile standen die vier auf und verabschiedeten sich voneinander. Jonas stapelte das schmutzige Geschirr auf ein Tablett und brachte es zur Geschirrrückgabe. Dort blieb er stehen und tippte auf seinem Handy.

Sie ist superehrgeizig. Und supersportlich.

Du musst sie ja nicht gleich heiraten.

Nicht mein Typ.

Und was ist dein Typ?

Feminin, warmherzig, häuslich.

???

Ist das schlimm?

Nicht mehr ganz zeitgemäß.

Ich schaute hinüber zur Abräumstation. Jonas stand immer noch da und schaute zu mir, aber er schien sich nicht zu trauen, an meinen Tisch zu kommen. Er tippte wieder auf seinem Handy.

Ich muss los.

Dann viel Glück beim Suchen.

So fing das an, ganz harmlos, und doch wusste ich von Anfang an, dass wir zwei noch nicht fertig waren miteinander. Schon an diesem Abend schrieben wir uns wieder. Er sitze, schrieb er, in seinem Zimmer im Personalhaus und langweile sich. Ich war zu Hause. Manuel war in der Chorprobe, und ich schaute einen belanglosen Film auf Netflix.

Gehe vielleicht noch ein wenig am See spazieren, schrieb Jonas.

Gute Idee.

Vielleicht sehen wir uns ja. Komme in Ihre Richtung.

Warum nicht?

Schnell zog ich Schuhe und einen Pullover an. Ich hatte Angst, ihn zu verpassen, das bisschen Aufregung in meinem einförmigen Leben. Ich ging hinunter zum See und durch den Park der psychiatrischen Klinik, immer am Wasser entlang. Irgendwo setzte ich mich auf eine gelb gestrichene Bank, machte ein Foto vom See und schickte es Jonas.

Schöne Abendstimmung.

Bin gleich da.

Ein paar Minuten später sah ich ihn mit entschlossenen Schritten auf mich zukommen. Je näher er kam, desto langsamer wurde er, und schließlich setzte er sich auf die Bank neben meiner, vielleicht zwanzig Meter entfernt, und zog sein Handy heraus.

Der See ist wirklich schön. Da, wo ich herkomme, gibt es nur die Donau.

Im Sommer gehe ich jeden Tag schwimmen.

Wie warm ist das Wasser jetzt?

Vielleicht vierzehn, fünfzehn Grad. Kalt.

Schade. Habe meine Badehose ohnehin nicht dabei.

Braucht man nicht um diese Zeit.

Nacktbaden? Ist das hier erlaubt?

Ich hatte Lust, ihn zu provozieren und ein bisschen Leben in die Konversation zu bringen.

Solange es beim Baden bleibt.

Ich könnte meine Sachen holen. Zehn Minuten.

Was war der verrückteste Ort, an dem du schon Sex gehabt hast?

Du?, antwortete er.

Ich habe zuerst gefragt.

Wir schrieben bestimmt eine Stunde lang. Manchmal dauerte es eine Weile, bis seine Antwort kam, aber er wich keiner meiner Frage mehr aus und schien sich um Ehrlichkeit zu bemühen. Bei manchen Fragen hatte ich den Eindruck, dass er sich darüber noch nie Gedanken gemacht hatte und jetzt selbst überrascht war von seinen Antworten, seiner Offenheit und seinem Mut. Dann stellten wir uns gemeinsam Dinge vor, ein Satz gab den nächsten, und ich war mir nie sicher, ob das, was wir schrieben, aus der Tiefe unserer Wünsche und Fantasien emporstieg oder ob es im Moment entstand, eine Spontanzeugung in diesem leeren Raum, in dem alles möglich war und nichts von Belang. Ohne die Reibung der Wirklichkeit überschritten wir schnell alle Grenzen. Manchmal schaute ich zu Jonas hinüber, aber er sah immer nur auf sein Handy oder auf den See hinaus, als wären da die Antworten zu finden.

Mir ist kalt, schrieb ich schließlich. Mein Freund kommt bald nach Hause.

Dann gute Nacht, schrieb er. Darf ich wieder schreiben?

Ich freue mich darauf, schrieb ich.

Wir standen auf und wandten uns endlich einander zu. Es war schon so dunkel, dass ich seinen Gesichtsausdruck nicht erkennen konnte, aber aus seiner Körperhaltung erriet ich, dass er zögerte. Auch ich war unsicher, ob ich zu ihm hingehen, ihn umarmen, vielleicht sogar küssen sollte, nachdem wir in unseren Nachrichten so viel weiter gegangen waren, aber ich hatte das seltsame Gefühl, dass dieser junge, sportliche Mann nichts mit jenem zu tun hatte, der mir die Nachrichten geschickt hatte. Ich hob die Hand und winkte, er winkte zurück, und wir gingen jeder in seine Richtung davon.

Vier Wochen dauerte Jonas' Praktikum noch. In dieser Zeit schickten wir uns unzählige Nachrichten, an manchen Tagen waren es Dutzende. Tagsüber schrieben wir uns, was wir gerade machten, schickten uns Fotos von den Orten, an denen wir uns befanden, von blühenden Apfelbäumen, einer ungewöhnlichen Wolkenformation, mehr oder weniger lustige Memes aus dem Netz. Aber sobald es dunkel wurde, änderte sich der Ton.

Ich wünschte, du wärst hier.

Bist du allein?

Ich habe gerade geduscht, habe nicht viel an.

Schickst du mir ein Bild?

Nein, Bilder von mir kriegte er nicht, und ich wollte auch keine von ihm. Einmal schickte er mir eins, ungefragt, ich gebe zu, es erregte mich, weniger was darauf zu sehen war als die Tatsache, dass er es wagte, es mir zu schicken. Ich schrieb ihm, er solle das lassen, der Teil von ihm interessiere mich am allerwenigsten. Worte genügten, schöne wilde Worte, Fantasien, Grenzüberschreitungen. Ich musste ihm die medizinische Terminologie austreiben.

Du willst mich doch nicht operieren, sondern vögeln.

Was hast du an?

Nur ein Nachthemd und einen Slip, keinen BH.

Er schickte ein Emoticon. Auch das musste ich ihm austreiben.

Was würdest du mit mir machen?

Ich stellte mein Handy auf stumm, nachdem Manuel irgendwann ganz arglos gefragt hatte, wer mir so spät noch Mitteilungen schicke. Ich redete mich raus und ging auf den Balkon, um eine Zigarette zu rauchen und Jonas zu antworten. Als ich zurückkam, war Manuel im Bad verschwunden, später hörte ich, wie er ins Bett ging. Jonas und ich schrieben weiter, bis mir fast die Augen zufielen. Ich war nie gut im Aufhören. Auch auf Partys bin ich immer eine der Letzten, die geht.

Am nächsten Tag schrieb mir Jonas wieder ganz nüchtern von seinen Zukunftsplänen. Eine psychiatrische Praxis in Oberbayern, eine liebe Frau, vier Kinder, ein Haus mit Garten. Die Frau würde zu Hause bleiben und sich um die Kinder kümmern. Seine Vorstellungen machten mich wahnsinnig, manchmal fragte ich mich, ob er mich damit provozieren wollte, aber ich glaube, er meinte es ernst.

Da, wo ich herkomme, gibt es solche Frauen noch, schrieb er.

Verschicken die nachts auch erotische Nachrichten?

Das ist etwas anderes.

Ich hatte in dieser Zeit weniger Einsätze im Krankenhaus und ging auch sonst nicht mehr hin. Einmal noch verabredeten Jonas und ich uns bei den gelben Bänken am See, saßen eine Stunde lang in sicherem Abstand nebeneinander in der Dämmerung und tauschten Textnachrichten aus, aber es war nicht mehr dasselbe. Eine Woche später reiste er ab, und am selben Tag versiegte unser Chat. Wir hatten das nicht verabredet, es geschah einfach so, als betrüge die Reichweite unserer Mobiltelefone, unserer Vorstellungskraft nicht mehr als ein paar Kilometer.

Sitze auf dem Bahnhof und warte auf den Zug.

Ich setze mich neben dich. Trage ein kurzes Kleid.

Meine Hand auf deinem Knie.

Soll ich mich auf deinen Schoß setzen?

Dann kam der Zug, und er war weg.

Die folgenden Tage waren seltsam. Ich kann nicht sagen, dass ich Jonas vermisste, vielleicht war ich sogar erleichtert, aus diesem seltsamen Traum erwacht zu sein und wieder in der Wirklichkeit zu leben. Ich hatte genug anderes im Kopf, wir planten die Sommerferien, ich bewarb mich für Vorsprechen, fuhr in die Blindenbibliothek, um Bücher einzulesen. Aber ich zog öfter als früher das Handy heraus, um nachzusehen, ob ich eine Nachricht bekommen hatte. Es war wie ein Reflex, und die fehlenden Mitteilungen erzeugten eine Art Phantomschmerz, der nur verging, wenn ich irgendetwas unternahm. Ich kümmerte mich endlich um die Pflanzen auf dem Balkon, riss die verkümmerten heraus und pflanzte neue, ich fing an Brot zu backen, zu stricken, rief Freundinnen an, bei denen ich mich lange nicht gemeldet hatte. Einer erzählte ich sogar von Jonas. Ich vertraute ihr, sie hatte selbst etwas am Laufen und war auf meine Diskretion angewiesen. Wir lagen im Strandbad auf der Wiese, die Sonne brannte uns auf den Rücken. Meine Freundin drehte den Kopf zu mir und lächelte mich ungläubig an.

Und ihr habt nie miteinander geschlafen?

Nein, er ist gar nicht mein Typ. Er hat etwas Fleischiges, weißt du, was ich meine? Ein junger Bulle, guter Futterverwerter. Der wird mal dick, wenn er keinen Sport mehr treibt.

Sie lachte. Mit so einem hatte ich mal was. Einem Ruderer.

Und? War es gut?

Sie zuckte mit den Schultern. Schnell und heftig. Danach hatte ich Mühe, ihn loszuwerden.

Sie fragte, ob ich Manuel etwas erzählt hätte, und es entspann sich eine längere Diskussion darüber, ob man seinen Partner in der Fantasie betrügen könne. Ich fand ja, sie, nein. Ohne Fantasien wäre die Scheidungsrate noch viel höher, sagte sie.

Ich bin nicht mit Manuel verheiratet, sagte ich.

Ich frage mich, welche Rolle ich in Jonas' Leben spielen werde, irgendwann in der Zukunft, wenn das alles weit weg ist und lange vergangen. Ich fragte mich das damals schon und heute noch viel mehr. Eine Eskapade? Ein Abenteuer? Eine Art Liebe? Eine verblassende Erinnerung? Dass er in meinem Leben eine Rolle spielen wird, ist nicht mehr zu verbergen.

Im Herbst machte ich wieder in halb Deutschland Vorsprechen, in Heilbronn, Potsdam, Krefeld, Ingolstadt, kleine solide Stadttheater. Manuel nahm es zur Kenntnis, wir sprachen nie darüber, was aus uns werden würde, wenn ich eine der Stellen in einem Ensemble kriegte. Vielleicht glaubten wir selbst nicht mehr daran, nachdem ich mich schon seit Jahren darum bemüht hatte. Am Anfang hatte er die Städte, in die ich fuhr, noch gegoogelt, hatte sich sogar Wohnungsinserate angeschaut und sich überlegt, ob er dort ein Auskommen haben würde. Potsdam wäre schön, da bist du gleich in Berlin. Kiel hat was, es wäre toll, so nah am Meer zu leben. Ein- oder zweimal fuhr er sogar mit, wenn ich zu einem Vorsprechen ging, und erzählte mir am Abend von seinen Spaziergängen durch die Stadt und wie er sich unser Leben hier vorstellte. Das kam mir immer ein wenig übergriffig vor. Es wäre schließlich meine Stelle, mein Leben.

Ich könnte mir vorstellen, in Oldenburg zu leben, sagte er. Die Stadt gefällt mir.

Ich glaube nicht, dass sie mich nehmen.

Aber diesmal klappte es endlich. Im Dezember bekam ich die Zusage aus Ingolstadt. Sie luden mich ein, noch einmal hinzukommen, um den Vertrag zu unterzeichnen, die Details zu besprechen und das restliche Ensemble kennenzulernen. Diesmal bot Manuel mir nicht an, mich zu begleiten. Im Dezember war in der Schule viel los, das Krippenspiel war zu organisieren, Geschenke waren zu basteln. Da brauchte er die zwei schulfreien Tage, um mal auszuspannen.

Mein Diplom wird in Deutschland bestimmt nicht anerkannt, sagte er.

Ich habe gedacht, du hast dich erkundigt?, sagte ich.

Und selbst wenn, sagte er, ich würde nur halb so viel verdienen wie hier.

Vier Stunden sind ja keine Weltreise, sagte ich. Und man ist nicht immer am Proben. Man hat auch mal eine Woche frei.

Warum hatte ich das Gefühl, dass wir gerade dabei waren, uns auf zivilisierte Art zu trennen? Aber es dauerte ja noch lange, bis ich die Stelle antreten würde.

Schon als ich zum Vorsprechen nach Ingolstadt gefahren war, hatte ich kurz daran gedacht, Jonas zu schreiben, aber ich war zu aufgeregt gewesen, um irgendjemanden sehen zu wollen. Jetzt schrieb ich ihm, dass ich nach Oberbayern käme, vielleicht schon bald da wohnen werde.

Bist du noch in der Gegend?

Gratuliere zur Stelle, schrieb er zurück.

Und wo bist du?

Habe eine Assistenzstelle in Landshut.

Lust mich zu sehen?

Ich habe mich verlobt.

Was hat das damit zu tun?

Warum kränkte mich der Gedanke an seine Verlobung? Natürlich musste er sich verloben und dann heiraten und seine Kinder kriegen und glücklich sein, das war schließlich sein Lebensplan, und ich hatte absolut nicht die Absicht, ihn davon abzubringen. Wir hatten seit einem halben Jahr nichts voneinander gehört, und ich hatte ihn ziemlich bald nicht mehr vermisst. Trotzdem provozierte es mich, und ich bekam erst recht Lust, ihn zu sehen und ein bisschen zu verunsichern. Ihr Schauspieler wollt immer Drama, hatte meine Chefin im Krankenhaus gesagt, immer das große Gefühl, den Konflikt, immer zu viel. Vielleicht hatte sie ja recht. Und sogar zu viel war mir nicht genug.

Wir können uns ja trotzdem sehen. Oder hast du Angst vor mir?

Die Pianobar im Maritim Hotel, gab es in Ingolstadt keine Orte mit etwas mehr Atmosphäre? Aber vielleicht hatte Jonas bewusst diesen anonymen Ort gewählt, aus Angst, in den Kneipen seinen alten Freunden zu begegnen. Das Publikum in der Pianobar war jedenfalls nicht aus unserer Generation. Ich war extra ein bisschen zu spät gekommen. Auf riesigen Flachbildschirmen lief ein Bundesligaspiel, der Ton war ausgeschaltet. Ein Pianist klimperte auf einem Flügel herum. Es dauerte einen Moment, bis ich Jonas sah. Er saß vor einem Bier an einem Tisch, von dem aus er direkt auf einen der Bildschirme sehen konnte. Als ich neben ihn trat, sprang er auf und reichte mir die Hand. Ich küsste ihn auf die Wangen.

Ich bestellte einen Hugo, er ein zweites Bier, obwohl das erste noch halb voll war. Das Gespräch verlief zäh. Jonas erzählte von seiner Assistenzstelle, von seinen Patienten, seinen beruflichen Plänen, vom Dorf, aus dem er stammte und das hier ganz in der Nähe lag, sogar von seinen Eltern. Seine Verlobte erwähnte er mit keinem Wort. Dafür wanderte sein Blick immer wieder zum Bildschirm in meinem Rücken.

Wer spielt?

Freiburg gegen Wolfsburg. Null zu null.

Du setzt dich mal besser auf meinen Platz.

Nachdem wir die Plätze getauscht hatten, verstummte er ganz, und sein Blick wurde leer. Der Barpianist spielte das *Great American Songbook* rauf und runter, die Stücke gingen nahtlos ineinander über.

Ain't She Sweet, sagte ich.

Kommt mir bekannt vor.

Nach einer kunstvollen Überleitung kam ein anderer Standard.

Kennst du den?

Jonas war wieder ein bisschen präsenter. Sein Gesicht bekam einen angestrengten Ausdruck, er kniff die Augen zusammen, aber er kam nicht auf den Titel.

Days of Wine and Roses.

Du bist ja richtig gut. Spielst du Klavier?

Ich unterdrückte ein Gähnen.

Was ist da drin in deinem Hugo?, fragte er.

Prosecco mit Holunderblütensirup, hoffe ich.

Schmeckt er?

Geht so.

Jonas spielte mit dem Bierdeckel. Beim nächsten Stück strahlte er plötzlich.

Das kenne ich. You say tomato and I say tomato.

Ja, sagte ich, *Let's Call the Whole Thing Off.*

You say potato and I say potato, sang Jonas leise mit einem glücklichen Lächeln.

Ein allgemeines Aufstöhnen ging durch den Raum, und er drehte sich zum Bildschirm um.

Eins zu null für Freiburg.

Komm, wir gehen.

Es war kalt draußen. Jonas führte mich über einen Steg über die Donau. Auf der anderen Seite des

Flusses war ein kleiner Park. Die Wege waren nur schwach beleuchtet.

Da ist die Festung, sagte er, und das Gebäude da hinten ist das Bayerische Polizeimuseum im Turm Triva.

Ich blieb stehen. Ich habe keine Lust auf eine Stadtführung, sagte ich, dafür ist es zu kalt. Bringst du mich zu meinem Hotel?

Das Stadttheater hatte mich in einem Aparthotel untergebracht. Es lag in einem hässlichen Neubauviertel, aber das Zimmer war in Ordnung und hatte sogar eine kleine Kochnische. Ich war schon am Mittag dort gewesen, weil die Rezeption am Abend zu sein würde.

Wir kamen an einem riesigen Saturn vorbei, gingen an einer vierspurigen Straße entlang unter der Autobahn hindurch und vorbei an lauter gleichförmigen gesichtslosen Mietshäusern. Keiner von uns sprach ein Wort, und allmählich tauchte ich wieder in die Fantasiewelt ein, in der wir uns im Sommer so frei und neugierig begegnet waren. Ich vergaß Jonas' Gesicht, seinen Körper, seinen Geruch, seine Ansichten, sogar das Foto, das er mir geschickt hatte. Wir waren zwei geistige Wesen, die nur aus Gedanken bestanden, aus Gefühlen und Wünschen, aus Lust. Aus Worten.

Jonas kam dann einfach mit auf mein Zimmer, es war alles ganz selbstverständlich, wir machten kein Licht, küssten uns im Dunkeln, zogen uns gegenseitig aus und liebten uns. Ich sah ihn nur schemenhaft, es war, als entstünde sein Körper erst durch meine Berührungen, als formte ich ihn mit meinen Händen, seine Brust, seine Schultern, seinen Rücken, seinen Hintern. Und er formte mich mit seinen Händen, es war ein zärtliches Ringen, wir klammerten uns aneinander fest, konnten uns nicht nahe genug kommen. Ich spürte seine Kraft, seine Erregung. Ich war zugleich ganz nüchtern und so berauscht, dass sich alles drehte in meinem Kopf, ein Rauschen, Wellen, die immer höher wurden, Monsterwellen, die endlich brachen, sich überschlugen und dann ganz langsam und sacht ausliefen an einem nächtlichen Strand.

Wir lagen nebeneinander auf dem Rücken und kamen langsam wieder zu Atem.

Verhütest du?, fragte er leise.

Ich musste lachen. Ich habe eine App, die mir sagt, wann ich fruchtbar bin.

Und was sagt deine App?

Ich habe sie lange nicht benutzt.

Ich kroch auf dem Boden herum, suchte in den Knäueln unserer Kleider nach meiner Tasche, meinem Handy. Das Irrlicht des Bildschirms lockte mich zurück in das falsche Leben, in dieses anonyme Zimmer, zu diesem fremden Mann, der verlobt war, der schon seine Hochzeit plante, sein Leben mit einer süßen Frau und vier Kindern in einem kleinen Haus in Oberbayern.

Eisprung, sagte ich. Scheiße.

An Epiphanias machte ich den Test, die Ironie entging mir nicht. Aber ich war danach ruhiger als zuvor. Ich habe es lange niemandem gesagt, Jonas nicht und Manuel erst recht nicht. Nur mit der Gynäkologin habe ich die Optionen besprochen.

Ich schaute mir die Homepage des Stadttheaters Ingolstadt an, die Bilder meiner zukünftigen Kolleginnen und Kollegen. Einige hatte ich im Dezember kennengelernt, wir hatten uns gegenseitig beschnuppert, sie waren nett zu mir gewesen. Der Dramaturg, mit dem ich mich sofort verstand, hatte ein wenig vom Spielplan erzählt, obwohl der erst am Entstehen war. *Die Nibelungen* würden sie inszenieren, gleich am Anfang der Spielzeit, vor Weihnachten *Die kleine Meerjungfrau* und im Frühling vermutlich *Kasimir und Karoline.* Sogar über mögliche Rollen für mich hatten wir uns unterhalten. So lange hatte ich auf ein Engagement gehofft, darauf, Teil eines Ensembles zu sein, spannende Rollen zu kriegen, endlich zu spielen, und jetzt sollte ich das alles aufgeben?

Ich habe die Wochen gezählt. Woche sechs, der erste Herzschlag, Woche acht, Geschlechtsorgane werden sichtbar, Woche zehn, alle wichtigen Organe sind vorhanden. Woche zwölf, letzter Termin für eine legale Abtreibung. Ich ließ den Termin verstreichen.

Mein Bauch begann, runder zu werden, und irgendwann konnte ich es Manuel nicht mehr verheimlichen. Ich wollte sicher sein, entschuldigte ich mich. Man weiß ja nie. Er war so glücklich, dass er keine weiteren Fragen stellte und zum Glück auch nicht nachrechnete. Wie es überhaupt möglich war? Ich müsste ein Pferd sein, wenn das Baby von ihm sein sollte. Er fragte nicht, ob die Zyklus-App versagt habe. Ob ich ein Kind gewollt habe. Was meine Pläne waren. Er strahlte vor fraglosem Glück. Für mich war noch gar nichts entschieden.

Ich rief Reinar an, den Dramaturgen, ich hatte Angst vor diesem Gespräch, ich weiß nicht, was ich erwartete. Aber er war ganz verständnisvoll, sagte, so was komme vor. Von irgendwo müsse unser Publikum ja kommen. Und natürlich hätte ich Mutterschutz. Was für ein schreckliches Wort. Dass ich Mutter werden würde, war schlimm genug, dass ich Schutz brauchen würde, noch schlimmer. Ein Jahr lang geschützt zu Hause sitzen, das Baby stillen, wickeln, füttern. Wie oft hatte ich diese gelangweilten Frauen gesehen, die mit ihren Kinderwagen allein den See entlangspazierten mit genervten Gesichtern, das Handy am Ohr. Muss ich ein Jahr Pause machen?, fragte ich. Wann kann ich frühestens wieder arbeiten? Drei Monate sind das Mindeste, sagte Reinar, vorher dürfen wir dich nicht beschäftigen. Wegen der Versicherung. Wann ist noch mal dein Termin? Am 9. September.

Es war kurz still, vermutlich rechnete er nach. Dann sagte er, ich könnte Mitte Dezember einsteigen. Wenn ich das wirklich wolle. Vielleicht besser im Januar. Da gibt es noch einige Premieren, bei denen du dabei sein kannst. Denk darüber nach. Ich sagte, ich will.

Den See werde ich vermissen. Manuel eher nicht. Komme heute spät nach Hause, hat er als Antwort auf mein Bild vom See geschrieben. Kuss.M. Ich bin über die Wörter nach Hause gestolpert. Ich bin nicht zu Hause bei ihm, war es nie. Wir bilden eine Wohngemeinschaft, es ist eine Übergangslösung. Er ist nicht schuld, dass es zu Ende geht, ich bin nicht schuld. Niemand ist schuld. Ich ziehe weiter.

Reinar hat gesagt, er wüsste vielleicht eine Wohnung für mich, klein, aber nah am Theater gelegen und bezahlbar. Und er sehe mich in der Rolle der Karoline. Wie toll wäre das! Gleich eine Hauptrolle in meiner ersten Spielzeit. Und die Liebe höret nimmer auf.

Manchmal wünsche ich mir, ich lebte in einem Theaterstück. Da weiß man immer, was man sagen, was man machen, was man fühlen muss. Alles ergibt einen Sinn, und wenn man einmal nicht weiterweiß, flüstert einem die Souffleuse die richtigen Worte zu.

Soll das eventuell heißen, dass wir zwei eventuell nicht zueinander passen?

Eventuell.

Also das soll dann eventuell heißen, dass wir uns eventuell trennen sollen – und dass du mit solchen Gedanken spielst?

So frag mich doch jetzt nicht!

Ich habe Lust auf eine Zigarette. Seit ich Manuel von der Schwangerschaft erzählt habe, darf ich nicht mehr rauchen. Er würde mich für einen Unmenschen halten. Aber ich schleppe die Zigaretten immer noch mit mir herum, das Feuerzeug auch, mein stiller Protest. Das Baby ist jetzt so groß wie eine Papaya, hat die Gynäkologin gesagt. Wieso eine Papaya? Wie groß ist eine Papaya?

Wenn ich rauche, spüre ich meinen Körper. Wenn ich rauche und wenn ich Sex habe und vielleicht noch beim Sport. Aber Sport treiben ist anstrengend geworden, und Sex hatte ich schon lange nicht mehr. Seit Manuel von der Schwangerschaft weiß, fasst er mich nicht mehr an. Oder nur noch wie ein Kind seine Mutter. Er will kuscheln, als wäre er mein Baby oder ich seins. Und Jonas schreibt mir sehnsüchtige Nachrichten und bereitet nebenbei seine Hochzeitsfeier vor. Er weiß nicht, dass ich ein

Kind von ihm erwarte, und das soll auch so bleiben. Er hat seit jener Nacht nie mehr nachgefragt, mir soll es recht sein. Seit ich schwanger bin, muss ich dauernd pinkeln.

Ich brauche einen Menschen. Es ist immer der gleiche Dreck.

Dann ziehe ich mich einfach aus. Es ist außer mir ja niemand hier. Und selbst wenn mich jemand sehen sollte, es ist mir egal. Soll er sich dran freuen: Mein Bauch kommt mir vor wie aufgesetzt. Er ist rund und prall, aber schön. Er gibt mir Gewicht, hält mich auf der Erde fest.

Der Sand an meinen Fußsohlen fühlt sich körnig an, kühl und feucht zwischen den Zehen. Das Wasser ist eiskalt. Meine Knöchel, meine Waden, meine Oberschenkel, meine Vulva, mein Bauch. Die Kälte schnürt mir den Atem ab. Ob mein Kind sie spürt? Meine Brüste, die Brustwarzen ganz hart geworden von der Kälte, meine Schlüsselbeine, mein Hals, mein schöner Hals. Ich spüre die Strömung des Rheins, die ganz sachte an mir zieht. Ich lasse es laufen, spüre die Wärme, die aus meinem Körper fließt, mich mit dem See verbindet. Ich bin der See, ich bin das Wasser.

Es geht besser. Es geht immer besser … immer besser.

Unglaublich und emotional und fantastisch

Eine Art Tusch ertönt, während Susan auf die Bühne tritt, ihre Schritte wirken zugleich entschlossen und unsicher. Sie hat den linken Arm in die Seite gestützt und lässt ihn hin- und herpendeln, ihre Bewegungen wirken wie die einer Cartoonfigur. Ihr fülliger Körper steckt in einem goldenen knielangen Kleid. Sie trägt weiße Schuhe mit hohen Absätzen, auf der Brust auf einem Aufkleber mit dem Logo der Veranstaltung eine Nummer, von der nur die ersten drei Ziffern zu erkennen sind, 432. Um den Hals trägt sie eine goldene Kette, an den Händen mehrere Ringe. Ihr Haar ist kraus und wirkt kaum frisiert. Als sie stillsteht, korrigiert sie kurz die Position ihrer Füße wie eine Tänzerin vor ihrem Auftritt. Die Musik verstummt.

Wie ist dein Name, Darling?, fragt Simon, der ein schwarzes T-Shirt mit V-Ausschnitt trägt. Er hebt aufmunternd den Kopf.

Susan antwortet wie eine gehorsame Schülerin

und mit starkem schottischem Akzent: Mein Name ist Susan Boyle.

Okay, sagt Simon, wo kommst du her?

Susan hat sich ein bisschen nach vorn geneigt, als könnte Simon sie so besser verstehen. Sie hält das Mikrophon in der rechten Hand, die linke hat sie noch immer in die Taille gestützt. Ich bin aus Blackburn in der Nähe von Bathgate, West Lothian.

Amanda, die neben Simon sitzt, blickt feindselig, Piers, der dritte Juror, macht sich eine Notiz.

Das ist eine große Stadt?, fragt Simon.

Es ist eine Art Ansammlung von …, sagt Susan, zögert und macht mit der linken Hand eine Kreisbewegung, eine Ansammlung von … Sie tippt sich mit dem Zeigefinger an die Stirn, dann fällt ihr endlich das Wort ein: Dörfern. Ich musste nachdenken, mein Lieber.

Das Publikum lacht, jemand pfeift.

Und wie alt bist du, Susan?

Ich bin siebenundvierzig. Sie schüttelt den Kopf, als könnte sie es selbst kaum glauben. Das Publikum lacht noch lauter als vorhin. Simon verdreht die Augen und schaut hinüber zu Amanda. Susan wackelt mit den Hüften, dreht sie im Kreis, als schwinge sie einen Reif, der nicht herunterfallen darf. Und das ist nur eine meiner Seiten.

Piers macht ein Gesicht, als habe er auf eine saure Frucht gebissen. Simon reißt die Augen auf und spielt mit seinem Kugelschreiber. Das Publikum klatscht und pfeift. Susan nickt einmal kräftig mit dem Kopf, wie um diesen Teil der Vorstellung abzuschließen. Simon bläst seine Wangen auf, schaut halb belustigt, halb resigniert hinüber zu Amanda und sagt: Okay. Was ist der Traum?

Susan hat ihre Augen zusammengekniffen, als müsste sie sich anstrengen, um sich an ihren Traum zu erinnern. Ich versuche eine professionelle Sängerin zu werden.

Die Kamera zeigt eine junge, dunkelhaarige Frau im Publikum, die grinst, die Augen verdreht und dann mit abschätzigem Blick etwas zu ihrer Sitznachbarin sagt.

Und warum hat es bis jetzt nicht geklappt, Susan?

Man hat mir nie eine Chance gegeben. Ich hoffe, das wird sich jetzt ändern. Sie macht mit der flachen Hand eine Bewegung nach oben, als wollte sie sich selbst in die Höhe heben.

Okay, sagt Simon, und so erfolgreich wie wer möchtest du werden?

Elaine Paige, sagt Susan, als wäre es eine Selbstverständlichkeit, jemand wie sie.

Im Publikum wird empört gemurmelt.

Was wirst du uns heute Abend singen?, fällt Piers in das Gespräch.

Ich werde *I Dreamed a Dream* aus *Les Misérables* singen, sagt Susan. Sie spricht die französischen

Worte mit starkem Akzent aus, aber sie scheint sich ihrer Sache jetzt sicherer zu sein.

Amanda nickt anerkennend. Okay, großer Song, sagt Piers und lacht.

Für den nächsten Bewerber scheint die Welt des Showbusiness eine Million Meilen entfernt, sagt eine Stimme aus dem Off. Das Erste, was wir von Paul sehen, sind seine Hände, er spielt mit seinem Ehering. Die Kamera schwenkt nach oben. Paul ist Mitte dreißig. Er steht vor einer weißen Backsteinwand, den Kopf gesenkt, er wirkt nachdenklich. Auf seinem pausbackigen, glattrasierten Gesicht ist schon wieder ein Bartschatten zu sehen. Pauls Haar ist kurz geschnitten. Er trägt einen Nadelstreifenanzug und ein fliederfarbenes Hemd ohne Krawatte, auf seinem Jackett klebt die Nummer 31829. Es ist Paul, spricht die Stimme weiter, ein Handyverkäufer aus Südwales. Paul geht unruhig hinter der Bühne hin und her. Er sitzt in einem Aufenthaltsraum, wird interviewt. Tagsüber verkaufe ich Mobiltelefone, sagt er mit starkem walisischem Tonfall. Mein Traum ist es, mein Leben damit zu verbringen, wofür ich glaube, geboren worden zu sein.

Paul tritt auf die Bühne, er wirkt etwas steif. Wozu bist du hier, Paul?, fragt Amanda. Um Oper zu singen, sagt Paul mit unsicherer Stimme. Seine unregelmäßige Zahnstellung ist zu sehen. Amanda nickt etwas ungläubig. Sie trägt eine Bluse mit rotem und weißem Blumenmuster auf grauem Grund. Die Bluse hat Puffärmel, der tiefe Ausschnitt wird am Hals von einem rosa Band zusammengehalten. Piers, in weißem Hemd und schwarzem Jackett, macht ein skeptisches Gesicht und schaut Amanda von der Seite an mit dem Anflug eines Lächelns. Noch einmal sehen wir Paul beim Interview vor der Show. Ich wollte immer berufsmäßig singen, sagt er. Kurz sehen wir ihn auf der Bühne, wie er gequält lächelt. Zurück beim Interview sagt er: Selbstvertrauen war immer eine, nun, schwierige Sache für mich. Ich fand es immer ein bisschen schwierig, ganz zufrieden mit mir zu sein. Und wieder sehen wir Paul auf der Bühne stehen. Seine Arme hängen herunter, die Hände verschwinden fast in den Ärmeln des Jacketts.

Simon sagt: Okay. Bereit, wenn du es bist. Er trägt ein senfgelbes T-Shirt mit weitem Ausschnitt und nach oben gerafften Ärmeln. Er erhebt sich leicht, rückt seinen Stuhl zurecht und setzt sich wieder hin.

Susan schaut zur Seite, zeigt mit dem Daumen nach oben. Jemand drückt die Playtaste eines CD-Spielers, und man hört den Beginn eines Playbacks, das von einem Sinfonieorchester eingespielt wurde.

Susan schaut sehr ernst, sie wechselt das Mikrophon von der rechten in die linke Hand.

Amanda, die ein weit ausgeschnittenes petrolgrünes Kleid mit Rüschenkragen trägt, hat sich zurückgelehnt und die Arme hinter dem Kopf verschränkt. Sie lächelt. Simon hat den Kopf in die Hand gestützt, Piers schaut erwartungsvoll und beißt sich auf die Lippen. Kurz vor ihrem Einsatz geht ein verschmitztes Lächeln über Susans Gesicht. Ein Blick ins Publikum zeigt gespannte Mienen.

I dreamed a dream in times gone by.

Auf dem Bildschirm wird Susans Name eingeblendet, ihr Alter und das Wort arbeitslos. Noch während der ersten Zeile des Liedes fängt das Publikum zu jubeln und zu klatschen an. Simon schaut verwundert und hebt die Augenbrauen. Amanda öffnet mit einem erstaunten und zugleich begeisterten Gesichtsausdruck ganz langsam den Mund, es wirkt, als spielte sie ihr Erstaunen überdeutlich für die Kamera. Ihr Lächeln wird noch strahlender. Sie schaut zu Piers.

When hope was high and life worth living, singt Susan. Die Rufe des Publikums werden leiser, der Applaus stärker. Jetzt klatscht auch Piers mit begeistertem Gesicht in die Hände und wendet sich Amanda zu.

I dreamed, that love would never die, singt Susan

und macht mit der rechten Hand eine weitausladende Geste. Das Publikum tobt, in den hinteren Rängen erheben sich die Ersten, dann auch in den vorderen.

I dreamed that God would be forgiving.

Simons Lächeln wirkt vollkommen glücklich. Piers schluckt, es sieht aus, als finge er gleich an zu weinen.

Then I was young and unafraid, Susan hebt immer wieder die Hand, es scheint die einzige Geste zu sein, die sie beherrscht. And dreams were made and used and wasted.

Jedes Mal, wenn sie am Ende einer Zeile einen langen Ton mit viel Vibrato aushält, wallt der Jubel des Publikums wieder auf. Amanda hat die Hände vor dem Gesicht gefaltet. Ihre Fingernägel sind in knalligem Rot lackiert.

There was no ransom to be paid.

Piers macht ein Gesicht, als sähe er nach Jahren einen geliebten Menschen wieder. Amanda hält immer noch die Hände vor dem Gesicht, sie kann sich für keinen neuen Gesichtsausdruck entscheiden und wirkt wie eingefroren.

No song unsung, no wine untasted.

Susan singt seit kaum einer Minute. Das Publikum ist etwas ruhiger geworden, die Begeisterung brandet auf und ebbt wieder ab.

But the tigers come at night,

With their voices soft as thunder.

Simon lächelt immer noch glücklich, Amanda klatscht ein paarmal in die Hände und hebt dann in Erwartung des Höhepunktes den gekrümmten Zeigefinger, als wollte sie die anderen Jurymitglieder darauf hinweisen.

As they tear your hope apart,

As they turn your dream to shame.

Susan hält das Mikrophon wieder in der rechten Hand, die linke streckt sie in die Höhe, während sie am Ende des Chorus auf das in die Länge gezogene Wort shame eine ansteigende Tonleiter singt. Es ist der Höhepunkt des Songs, die money note, und auch die Begeisterung im Saal hat ihren Höhepunkt erreicht. Das ganze Publikum steht jetzt, jubelt, applaudiert. Selbst Amanda ist aufgesprungen, klatscht mit ungelenk ausgestreckten Armen und macht ein Gesicht, als wollte sie sagen: Ich habe es euch ja gesagt.

And still I dream he'll come to me,

That we will live the years together.

Amanda hat sich wieder hingesetzt, atmet erleichtert aus.

But there are dreams that cannot be,

And there are storms we cannot weather.

Susan nickt jetzt ganz langsam, sie scheint von Anfang an gewusst zu haben, was geschehen wird. Sie ist in der Musik zu Hause, niemand erreicht sie hier, niemand kann sich über sie lustig machen.

Der Jury scheinen die Gesichtsausdrücke ausgegangen zu sein. Simon hat den Kopf in beide Hände gestützt.

I had a dream my life would be
So different from this hell I'm living
So different now from what it seemed
Now life has killed the dream I dreamed.

Paul schaut zur Seite und nickt. Eine blonde junge Frau ist zu sehen, die hinter der Bühne steht. Sie trägt ein blaues Sweatshirt mit Kapuze und dem Logo der Sendung. Sie drückt auf die Play-Taste eines Abspielgeräts. Paul schaut kurz seitwärts nach unten, hebt dann langsam den Kopf. Simon atmet tief ein, es sieht aus, als hätte er einen Kaugummi im Mund. Er hat den Kopf in die linke Hand gelegt, seine übergroße Uhr ist zu sehen, die er seitlich am Arm trägt, der Kamera zugewandt. Sein Gesicht zeigt eine Mischung aus Müdigkeit und Überdruss. Auch Amanda atmet tief ein. Ihr langes kastanienbraunes Haar ist über der Stirn toupiert. Die Orchestereinleitung erklingt. Paul schaut in den Saal, sein Gesicht hat einen fast heroischen Ausdruck angenommen, nur seine Augen wirken traurig. Im Publikum sitzen einige blonde junge Frauen, die alle fast gleich aussehen. Sie wirken gespannt, etwas spöttisch vielleicht, eine der jungen Frauen hat einen Finger in den Mund gesteckt, eine andere reißt die Augen weit auf, als könnte sie nicht glauben, was sie sieht. Die Kamera zeigt zwei alte, freundlich blickende Frauen und dann wieder Paul. Nessun dorma!, beginnt er zu singen, es ist die Arie des Prinzen Kalaf aus Giacomo Puccinis *Turandot*. Simon hat seinen Kugelschreiber in den Mund gesteckt und schaut mit schräg geneigtem Kopf von unten auf die Bühne. Er öffnet den Mund ein wenig, dreht den Kugelschreiber. Amanda betrachtet das Geschehen mit starrem Gesicht, nur für den Bruchteil einer Sekunde verzieht sich ihr Mund zu einem halben Lächeln. Nessun dorma!, singt Paul. Er steht so steif auf der Bühne wie eine Schaufensterpuppe. Über seinem tiefhängenden Gürtel ist der Ansatz eines Bauches zu sehen. Die nächsten Takte der Arie überspringt Paul, um gleich an der Stelle weiterzusingen, wo die Musik dramatischer wird. Ma il mio mistero è chiuso in me. Doch mein Geheimnis ist in mir verschlossen. Ein junges Paar im Publikum, der Mann in einem gestreiften Pullover und mit indifferentem Gesicht, die Frau in einem grünen Kleid. Sie blickt fürsorglich, nickt und lächelt. Auch Amanda lächelt, obwohl ihr Mund immer noch Skepsis ausdrückt. Sie schluckt, schnappt kurz nach Luft.

Il nome mio nessun saprà, singt Paul, der jetzt selbstsicherer wirkt als zuvor. Piers scheint sein Urteil noch nicht gefällt zu haben. Er spitzt kurz die Lippen, wirkt etwas blasiert, distanziert. Simon hebt den Kopf aus der Hand und massiert sich mit zwei Fingern fast zärtlich das linke Ohrläppchen. Auch er öffnet kurz den Mund. Paul ist jetzt aus größerer Entfernung von der Seite zu sehen. No, no, singt er und überspringt wieder ein paar Zeilen und den Part des Chors, um sofort zum Höhepunkt der Arie zu kommen.

Dilegua, o notte! Tramontate, stelle!

Tramontate, stelle! All'alba vincerò!

Jeder Stern erbleiche, damit der Tag ersteh und mit ihm mein Sieg! Die zwei alten Frauen von vorhin sind noch einmal zu sehen, eine wischt sich über das Auge, aber es sieht nicht aus, als ob sie weinte. Pauls Kopf zittert ein wenig während des Singens, als wollte er sich mit diesem kurzen unwillkürlichen Nicken selbst bestätigen.

Amanda hat die Hände gefaltet und hebt ganz langsam den Kopf, Simon hat sich zurückgelehnt. Piers wirkt erstaunt. Simon hat sich wieder vorgelehnt und den Kopf in die Hand gelegt, sein Mund ist offen, auch er scheint zu staunen.

Vincerò!, singt Paul, Vincerò! Vincerò! Ich werde siegen! Seine Intonation wirkt nicht ganz sicher, es scheint, als befürchte er, nicht mehr genug Atem zu haben, aber das starke Vibrato überdeckt seine sängerische Unsicherheit.

Amanda wirkt aufgelöst und plötzlich viel jünger, ihr Mund ist geöffnet, erst auf den zweiten Blick sieht man, dass ihr Tränen über das Gesicht laufen. Das Publikum applaudiert und schreit, einige stehen auf.

Bei den letzten Tönen hat Paul die Arme ausgebreitet und sich nach hinten gelehnt, als müsste er die Worte in den hintersten Winkel des Saales schleudern.

Zweieinhalb Minuten lang hat Susan gesungen. Bei den letzten Worten sind auch Piers und Amanda aufgestanden und klatschen begeistert mit dem Publikum. Nur Simon sitzt noch. Susan wirft eine Kusshand in den Saal. Sie lässt das Mikrophon sinken, wendet sich ab und geht mit entschlossenen Schritten auf den Rand der Bühne zu, während das Thema des Songs in einer anderen Tonlage und etwas leiser noch einmal eingespielt wird.

Oy!, ruft Amanda.

Hallo!, ruft Simon mit ausgestrecktem Zeigefinger.

Hey!, ruft Piers, komm hierher zurück!

Susan dreht auf dem Absatz um, senkt den Kopf wie ein Stier vor dem Angriff und kommt zurück in die Mitte der Bühne.

Vielen Dank, Susan, sagt Simon, Piers? Piers sagt: Ohne Zweifel war das die größte Überraschung, die ich in drei Jahren in dieser Show erlebt habe. Das Publikum johlt. Als du da standst und mit einem frechen Grinsen sagtest, ich will sein wie Elaine Paige, da lachten alle über dich. Niemand lacht jetzt. Das war überwältigend. Ein unglaublicher Auftritt. Erstaunlich.

Susan lacht glücklich, neigt den Kopf. Im Orchesterplayback von *I Dreamed a Dream*, das im Hintergrund weitergelaufen ist, setzen gerade die Harfen ein, und Susan wirft dem Publikum oder Piers noch eine Kusshand zu.

Piers greift sich an den Kopf. Ich bin noch ganz benommen vom Schock. Ich weiß nicht, was ihr davon haltet?

Amanda hält die Arme eng beieinander, als würde sie frieren. Ich bin so begeistert, sagt sie, weil ich weiß, dass alle gegen dich waren. Sie schaut zu Simon und nickt ein paarmal kurz, als erwartete sie von ihm eine Bestätigung. Ich glaube ehrlich, dass wir alle sehr zynisch waren. Das war der größte Weckruf aller Zeiten. Und ich möchte nur sagen, dass es ein vollkommenes Privileg war, dem zuzuhören. Sie nickt bei jedem Wort bestätigend mit dem Kopf.

Auch Susan nickt und sagt etwas, das im tosenden Applaus untergeht. Simon ist an der Reihe. Er hält einen blauen Kugelschreiber in der Hand, mit dem er jedes seiner Worte aufzuspießen scheint.

Susan, ich wusste in der Minute, in der du auf die Bühne getreten bist …

Amanda lacht, Susan ruft mit krächzender Stimme: Oh, Simon!

Simon spricht weiter: … auf diese Bühne, dass wir etwas Außergewöhnliches hören würden. Und ich hatte recht. Piers und das Publikum lachen. Susan, du bist ein kleiner Tiger, nicht wahr?

Susan schüttelt den Kopf: Davon weiß ich nichts.

Bist du, sagt Simon, okay, der Moment der Wahrheit. Piers, ja oder nein?

Das größte Ja, das ich jemals jemandem gegeben habe, sagt Piers.

Das Publikum johlt, Susan lacht laut.

Amanda?

Ja, absolut.

Wieder ruft Susan etwas, was im Applaus nicht zu verstehen ist. Simon meldet sich zu Wort: Susan Boyle, du kannst zurück in dein Dorf gehen, deinen Kopf hochhalten, es sind drei Ja.

Die Arie aus *Turandot*, die normalerweise um die drei Minuten dauert, hat Paul in seiner gekürzten Version in der halben Zeit geschafft. Jetzt steht fast der ganze Saal und klatscht. Amanda tupft mit den Handflächen ihr Gesicht ab, bevor auch sie in den Applaus einfällt. Sie wirkt immer noch bewegt. Simon klatscht ebenfalls und schlägt den Blick nieder. Paul atmet tief aus, aber trotz des Beifalls wirkt er eher erschöpft als glücklich. Die Kamera schwenkt über das Publikum. Amanda dreht sich um und schaut in den Saal, auch Piers dreht sich halb um, lächelt zufrieden. Amanda lacht, Simon lacht und klatscht. Noch immer wirkt Paul, als begreife er nicht, was geschieht. Er nickt kurz. Die ganze Jury ist jetzt zu sehen. Simon hat die Arme verschränkt. Amandas Lachen ist zu hören. Jetzt lächelt Paul zum ersten Mal, immer noch etwas unsicher. Simon streckt den Daumen hoch, als wollte er mit einer Aufzählung beginnen. Also du arbeitest bei Carphone Warehouse … Paul lacht, und auch Amanda lacht laut. … und du hast das getan, sagt Simon, das habe ich nicht erwartet, Paul. Es klingt, als spräche er mit einem Kind. Er schüttelt den Kopf, legt ihn auf seinen ausgestreckten Daumen. Paul lacht glücklich. Ich auch nicht, sagt Amanda in ihr künstliches Lachen hinein. Das war wirklich ein frischer Luftzug, sagt Simon, ich fand, du warst absolut fantastisch. Er unterstreicht seine Aussage mit einer entschlossenen Bewegung der flachen Hand und legt den Kopf dann wieder auf den Daumen. Paul lacht, netzt kurz die Lippen mit der Zunge, dann wird sein Gesicht plötzlich ernst, als Piers zu reden beginnt. Auch Piers wedelt mit der Hand, während er sagt: Du hast eine unglaubliche Stimme. Ich denke, wenn du weiter so singst, wirst du einer der

Favoriten sein, um diesen ganzen Wettbewerb zu gewinnen. Paul lächelt verlegen, sagt etwas, vermutlich bedankt er sich, aber seine Worte gehen im Geschrei des Publikums unter. Ich denke, sagt Amanda gedehnt und mit lehrerhafter Stimme, dass wir hier den Fall eines kleinen Brocken Kohle haben, der zu einem Diamanten werden wird. Sie öffnet den Mund, scheint noch etwas sagen zu wollen, aber die Kamera zeigt jetzt wieder Simon. Okay, sagt er, Moment der Wahrheit, junger Mann. Piers? Musik wird eingespielt. Ein absolutes Ja. Das Publikum jubelt. Amanda? Amanda hat kurz auf den Tisch vor sich geschaut, dann schüttelt sie entschlossen den Kopf und sagt: Ja. Sie lächelt glücklich, als hätte sie jemandem ein Geschenk gemacht und ergötzte sich an seiner Freude. Paul lächelt nicht mehr, wirkt gespannt. Paul, sagt Simon, du kommst in die nächste Runde.

Susan wirft beide Arme in die Luft und stampft wie ein kleines Kind, dem ein lange gehegter Wunsch erfüllt wurde. Das Playback im Hintergrund läuft noch immer und baut gerade ein triumphales Tutti für die Schlussapotheose auf. Das Publikum tobt, es ist in einem Rausch von Emotionen. Susan verlässt die Bühne mit einer letzten Kusshand und mit selbstsicheren entschlossenen Schritten. Erst jetzt ist die ganze Nummer zu sehen, die auf ihrer Brust prangt wie auf dem Körper eines Schlachttiers, es ist die 43212.

Als Susan schon verschwunden ist, hört man ein letztes Mal die Juroren. Piers: Was für eine Stimme. Amanda: Unglaublich. Überwältigend. Und noch einmal Piers: Der außerordentlichste Schock, den wir je hatten. Hinter der Bühne steht Susan, sie schüttelt den Kopf, dann nickt sie und sagt mit bewegter Stimme wie zu sich selbst: Es ist so emotional. Unglaublich und emotional und fantastisch.

Pauls Dank geht im Applaus unter und in der lauter werdenden Musik, es ist *I Don't Want to Miss a Thing* von Aerosmith. Das Publikum applaudiert in leichter Zeitlupe, aber nur noch die Musik ist zu hören. Paul verbeugt sich ebenfalls leicht verlangsamt und geht ab. Hinter der Bühne, das Video läuft jetzt wieder in normaler Geschwindigkeit, wird er von zwei Moderatoren empfangen. Einer schüttelt ihm die Hand und gratuliert ihm.

Die Jury ist unter sich. Piers sagt etwas zu Amanda. Amanda schaut ihn an, fasst sich an die Arme und sagt: Unglaublich. Ich habe Gänsehaut. Sie wendet sich zu Simon, der sie anschaut, als würde er selbst gern ihre Arme streicheln.

Du musst überglücklich sein, sagt einer der Moderatoren zu Paul. Bin ich, sagt Paul, ein bisschen geschockt. Er schüttelt die Hände, lacht mit den

Moderatoren. Er geht auf die Tür mit der Aufschrift Exit zu. Und während Paul glücklich nach Hause geht, sagt die Stimme aus dem Off, die schon am Anfang zu hören war, denken die Richter, sie könnten in Cardiff etwas Spezielles gefunden haben.

Wir sehen Simon und Amanda in der Künstlergarderobe, sie lehnen sich an die Schminktische, im Hintergrund sind Spiegel mit Reihen von Glühbirnen zu sehen. Ich mag Shows, wo jemand kein Profi ist, ein Talent hat, sich dessen nicht bewusst ist, einen normalen Job hat, und dann siehst du etwas anderes, sagt Simon, ich mag das. Und das ist es, was dieser Typ hatte. Amanda fällt ihm ins Wort: Ein unentdeckter kleiner Edelstein. Ein Frosch, der sich in einen Prinzen verwandeln wird.

Roses Only

Der Name täuscht, es gibt bei Roses Only am Kosmonautenboulevard auch Tulpen, Chrysanthemen, Päonien, Blumen, deren Namen Rolf nicht kennt, eine riesige Auswahl an Sträußen. Eine Frau mit geometrischen Tattoos auf einem Arm präsentiert die Bouquets, wie das hier heißt. Ihre Tätowierungen erinnern ihn ein wenig an die Petroglyphen, rätselhafte inhaltslose Zeichen, Mitteilungen an die Zukunft oder an sich selbst. Ich bin hier, ich bin am Leben, ich bin Herrin meines Schicksals.

Was Ljuba wohl mag? Rosen, da ist er sich ziemlich sicher. Den Strauß mit fünfzehn roten Rosen für fünftausend Rubel, das ist nicht billig, aber die Blumen müssen von weit her kommen, über dem Polarkreis wachsen die nicht. Ljuba würde ihn auslachen, die Peinlichkeit weglachen und ihn dabei doch mit einem Blick anschauen, der ihm Hoffnungen macht. Lieber Rolf, vielen Dank für das zarte und frische Bouquet, das ein Bote gestern vorbeigebracht hat. Es steht in meinem Büro, und jeder, der hereinkommt, fragt mich, von wem ich die Blumen bekommen habe. Natürlich verrate ich niemandem, dass sie von meinem Verehrer in der Schweiz stammen. Ich wünsche Ihnen Wohlstand und Erfolg.

Es ist ein Tag im August 2021 in Apatity im Oblast Murmansk, kurz nach acht Uhr, der Himmel ist leicht bewölkt, die Sonne steht tief. Es kann nicht kalt sein, die Leute tragen T-Shirts, leichte Sommerjacken, einige sogar kurze Hosen. Das Historische Museum liegt in einem Birkenwäldchen mitten in der Stadt, gleich neben dem Labor für terrestrische Ökosysteme des Instituts für industrielle Ökologie. Durch die Bäume kann man Teile des Gebäudes sehen, aber das Sträßchen zum Museum ist gesperrt. Die Wohnblocks im Viertel wirken heruntergekommen, ungepflegt, der Verputz blättert von den Wänden, die voller Graffitis sind, Leningrad, vegan, Pole, jemand hat einen Smiley gesprayt. Ein Schild warnt vor herunterfallendem Schnee.

Ljuba geht zu Fuß zur Arbeit, sie kann nicht weit vom Museum wohnen, vielleicht in dem Haus, aus dem eben eine blonde junge Frau kommt, eingefroren im Bild. Mit einer Hand manövriert sie einen Kinderwagen, das Baby trägt sie im Arm. Neben der Haustür aus verzinktem Blech kleben Plakate, Werbung für eine Pizzeria, für echte finnische Schuhe. Überall stehen Müllcontainer herum.

Ljuba hatte Rolf eine Mail geschickt. Es war in eben jenem August 2021, mitten in den Sommerferien. Er war aus den Bergen zurück, war in die Schule gefahren, um aufzuräumen, das nächste Semester vorzubereiten. In seinem Schulaccount hatten sich unzählige Mails angesammelt, von denen er die meisten gleich löschte. Auch jene von Ljuba hätte er beinahe gelöscht, der Betreff war in etwas gesteltzem Deutsch verfasst, und im ersten Moment dachte er, es sei eine jener Mitteilungen, in denen einem ein Anwalt aus einem afrikanischen Land oder eine todkranke Potentatenwitwe aus Lateinamerika eine große Summe Geldes verspricht. Eine einmalige Gelegenheit.

Ljuba schrieb, sie sei Mitarbeiterin des Historischen Museums in Apatity und forsche über die Petroglyphen am Kanoserosee. In diesem Zusammenhang sei sie auf die Felszeichnungen von Carschenna gestoßen und sie glaube, spannende Parallelen entdeckt zu haben. Sie würde das gerne vor Ort überprüfen und da Rolf viel darüber publiziert habe, bitte sie ihn um seine Hilfe. Sie schrieb in fehlerfreiem etwas altmodischem Deutsch, als hätte sie die Sprache aus alten Büchern gelernt. Er suchte im Internet nach den Kanosero-Petroglyphen, viel war nicht zu finden, und die wenigen Bilder deuteten darauf hin, dass sie wesentlich später entstanden waren als jene in Carschenna. Auch sonst sah er keinerlei Parallelen. Zu Ljuba fand er nichts im Netz, kein Bild, keine Artikel, die sie publiziert hatte, nicht einmal ein Profil in den sozialen Medien.

Ljuba hatte nicht geschrieben, welche Art Hilfe sie von ihm erwartete oder wünschte, unterschrieben war die Mail mit Ihre Ljuba, als wären sie alte Freunde. Er beließ die Nachricht im Posteingang, ohne sie zu beantworten.

Eine Woche später kam eine zweite Mail. Sie war in lockerem Plauderton verfasst. Ljuba schrieb über das Wetter in Apatity, über ihre Arbeit und dass ihr Chef die Reise in die Schweiz abgesegnet hätte. Sie werde voraussichtlich im Oktober kommen, sie freue sich sehr darauf, zu dieser Jahreszeit sei es in ihren Breiten schon winterlich kalt. Kennen Sie den Norden?, endete ihre Mail, Kennen Sie Russland? Sie würden es lieben. Ihre Ljuba. Er fragte sich, ob sie ihn verwechselte. Aber mit wem? Es gab außer ihm noch ein paar andere, die zu Carschenna publiziert hatten, aber die meisten waren Symbolforscher und Esoteriker, die fantastische, völlig an den Haaren herbeigezoge Deutungen der Steinritzungen verbreiteten. Alles Begonnene will Kreis werden ... In den letzten zwanzig Jahren war es allerdings ruhig geworden um die Fundstätte, und inzwischen wurde sogar darüber gesprochen, die Zeichnungen wieder zuzudecken, um sie vor der Witterung zu schützen und vor den Idioten, die in schweren Wanderschuhen auf den Felsplatten herumspazierten und von denen einige sogar ihre eigenen Zeichen hinterlassen hatten.

Rolf schrieb Ljuba eine kurze Mail. Alles, was er zu Carschenna zu sagen habe, stehe in seinen Arbeiten, die er vor langer Zeit verfasst habe, er möchte sich nicht weiter dazu äußern. Ein Besuch der Steinzeichnungen scheine ihm wenig sinnvoll, da durch die fortgeschrittene Verwitterung manches gar nicht mehr erkennbar, anderes zum Schutz wieder abgedeckt worden sei. Er verwies Ljuba auf die publizierten Zeichnungen und die hervorragenden Abriebe von Elisabetta Hugentobler und Ernesto Oeschger, auf denen sie wesentlich mehr werde erkennen können als im Gelände. Mit freundlichen Grüßen. Rolf Haller.

Die Flure im Hotel Amethyst sind schmal und düster, aber die Zimmer scheinen in Ordnung zu sein, nur die Nasszellen wirken etwas heruntergekommen, die Armaturen alt. Auf den Duschvorhängen sind Seepferdchen abgebildet. Von den oberen der acht Stockwerke müsste man den Imandrasee sehen können. Zu Fuß sind es nur wenige Minuten zum Historischen Museum. Holen Sie mich ab, sagt Ljuba, um fünf bin ich fertig mit der Arbeit.

Ihr Büro ist vollgestopft mit Papieren, Büchern, dicken Aktenmappen, Zeitschriften. Es ist viel zu warm, das Gebäude wird mit Fernwärme geheizt, die sich kaum regulieren lässt. Ljuba hat sich nur kurz umgedreht auf ihrem Bürostuhl, hat ihm zugelächelt und sich gleich wieder dem kleinen Bildschirm zugewandt. Ich bin gleich so weit. Sie tippt so langsam, als wählte sie jeden Buchstaben mit Bedacht. Er liest die Titel der Bücher in den Regalen, viele sind kyrillisch, aber es gibt auch etliche in Englisch oder Deutsch, zerfledderte Nachschlagewerke und archäologische Fachliteratur, der größte Teil völlig veraltet.

Plötzlich steht Ljuba neben ihm. Sie zieht einen Band aus dem Regal und reicht ihn ihm, *Göttinnen und Götter im alten Europa*. Haben Sie das gelesen? Marija Gimbutas?, sagt er. Ich kenne ihre Thesen nur flüchtig. Das ist mir alles zu spekulativ. Sie glauben nicht an die große Göttin, nicht wahr?, sagt Ljuba lachend, das passt zu Ihnen. Männer mögen die Vorstellung nicht, dass die Dominanz des Männlichen erst mit der Ankunft der Indoeuropäer begonnen hat. Rolf zuckt mit den Schultern und schiebt den Band zurück ins Regal. Es geht nicht darum, was ich mag oder nicht mag, sondern darum, was ich für plausibel halte.

Vielleicht gehen sie dann zusammen ins Dzhaga, ein Kellerlokal nicht weit vom Museum entfernt. Eine wunderbare Pizzeria mit sehr angenehmer Inneneinrichtung, hat Ruslan geschrieben, leichte, ruhige Musik sorgt für eine gemütliche Atmosphäre. Sehr leckere Pizzen zu einem erschwinglichen Preis. In letzter Zeit häufen sich allerdings die schlechten Bewertungen. Völliger Dreck, schrieb vor einem Monat eine Anastasja, Spinnweben auf den Wandlampen, ein Loch im Boden. Ein toller Ort für Ratten. Der Service ist schlecht.

Das Lokal ist fast leer. Sie bestellen Kaffee. Kuchen? Nein, danke. Ich sehe es als meine Aufgabe an, Funde zu dokumentieren, nicht sie zu interpretieren, sagt Rolf. Das haben Sie schon in der Schweiz gesagt, sagt Ljuba. Vielleicht haben Sie einfach Angst vor der großen Göttin? Vor den Frauen gar? Wieder dieses Lächeln.

Im Oktober bekam er einen Anruf, er wusste nicht, woher Ljuba seine Nummer hatte. Sie sagte, sie sei jetzt in der Schweiz, ob er ihr die Carschenna-Petroglyphen zeige? Er war etwas überrumpelt, er hatte nicht mit ihrem Kommen gerechnet, und sagte aus Höflichkeit zu. Es war während der Herbstferien, er hatte sich vorgenommen, seine Sachen zu ordnen und aufzuräumen, aber ihm fehlte die Lust dazu. Außerdem war er inzwischen neugierig auf diese hartnäckige Forscherin, von der er nur den Namen kannte. Ich werde Ihnen etwas viel Besseres zeigen, sagte er. Sie verabredeten sich am übernächsten Morgen am Treffpunkt im Hauptbahnhof.

Rolf hatte keine Ahnung, wie Ljuba aussah, und auch von ihm gab es seines Wissens keine Bilder im Netz. Trotzdem erkannten sie sich auf Anhieb. Ljuba kam strahlend auf ihn zu und streckte ihm die Hand entgegen. Ljuba. Sie war, was man wohl als eine klassische Schönheit bezeichnet hätte, hatte langes rötliches Haar, hohe Wangenknochen, glänzende, dezent geschminkte Augen, einen großen Mund. Sie trug ein schwarzes Kleid, das ihre Figur betonte, und weiße Sneakers, am Arm eine Handtasche, die eher für die Stadt als für eine Bergwanderung geeignet war.

Während der Fahrt entlang dem Zürich- und dem Walensee erzählte sie Rolf von ihrer Arbeit, vom Museum, von Apatity, aber was sie sagte, war zugleich sehr spezifisch und doch wenig konkret und ungefähr das, was er schon aus dem Internet wusste. Sie sagte, sie stamme ursprünglich aus Serbien und habe in Moskau studiert, auf die Kola-Halbinsel sei sie einer Liebesgeschichte wegen gekommen. Über Privates sprach sie sonst kaum, sie erzählte nur, dass sie einen Sohn habe, aber ob sein Vater jener Mann war, wegen dem sie in den Norden gezogen war, und ob sie noch mit ihm zusammen war, erfuhr Rolf nicht. Dafür musste er ihr die Namen der vorbeiziehenden Berge aufzählen, und jeder schien sie zu entzücken.

In Landquart stiegen sie aus. Erst als sie auf der

Landstraße in Richtung Malans gingen, schien Ljuba zu merken, dass sie nicht unterwegs nach Carschenna waren. Der Weg führte erst durch das hässliche Dorf und dann an der wenig befahrenen Landstraße entlang. Wo bringen Sie mich denn hin?, fragte sie lachend. Nur Geduld, sagte er.

Das alte Zeughaus hinter dem hohen Gitterzaun sah baufällig aus, die Fassade schmutzig. Als sie auf das Gebäude zugingen, kam ihnen eine junge Frau in Fleecejacke und Arbeitshose entgegen. Sie schüttelte ihnen die Hände und führte sie durch den klammen Bau ins Untergeschoss. Die weiten, betonierten Räume wurden von Leuchtstoffröhren in kaltes Licht getaucht und waren erfüllt vom Rauschen großer Entfeuchtungsgeräte, die alle paar Meter an den Wänden angebracht waren. Die Räume waren vollgestellt mit rohen Holzregalen, in denen graue Plastikbehälter aufgestapelt waren. Leider sind die Abgüsse in ziemlich schlechtem Zustand, sagte die junge Frau, deren Namen Rolf gleich wieder vergessen hatte, sie brechen langsam auseinander. Hier, sagte sie und zeigte in eine Ecke. Lasst euch Zeit. Ihr findet mich im ersten Stock.

Die Kunstharzabgüsse waren in den siebziger Jahren gemacht worden, kurz nach der Entdeckung der Felsbilder. Rolf hatte sie seit Ewigkeiten nicht gesehen. Manche waren viele Meter lang und lehnten, einer hinter dem anderen, an den Wänden und an Holzverstrebungen, die zwischen Boden und Decke angebracht worden waren. Einige waren zerbrochen, hatten Löcher, durch die der Maschendraht zu sehen war, mit denen sie armiert worden waren, in Plastikeimern lagen Bruchstücke, ein trauriges Bild. Trotzdem war er wieder erstaunt über ihre Detailgenauigkeit und darüber, wie dicht die Zeichen sich aneinanderreihten, ja teilweise fast überlagerten. Die Menschen der Bronzezeit mussten viel Zeit und Sorgfalt darauf verwendet haben, die Felsritzungen anzubringen.

Die häufigste Form waren konzentrische Kreissysteme, in deren Mitte kleine stärker vertiefte Schalen waren, aber es gab auch Schlangenlinien und einige rudimentäre Tierdarstellungen, Weide- oder Wildtiere, das war nicht klar zu erkennen, ein Pferd, auf dem ein Reiter mit Pfeil und Bogen stand, vielleicht eine Jagd- oder eine Opferszene. An einer Stelle gab es sogar ein Strahlenrad, das wie die Sonne auf einer Kinderzeichnung aussah.

Ljuba schaute ihn fragend an. Auf den Abgüssen können Sie viel mehr erkennen als im Gelände, sagte er. Aber was soll ich hier?, fragte sie und hob die Hände, eher ratlos als verärgert. Ich habe ja schon die Abriebe und die Zeichnungen gesehen, die Zeichen kenne ich. Ich wollte den Ort sehen, an dem sie entstanden sind, die Aura spüren. Das Wort Aura gibt es nicht in meinem Wortschatz, sagte

Rolf. Dann ist es höchste Zeit, dass Sie es darin aufnehmen, sagte Ljuba.

Die Mitarbeiterin der Kantonsarchäologie musste sich wundern, dass sie schon nach wenigen Minuten bei ihr im ersten Stock auftauchten, wo sie gerade dabei war, irgendwelche Bestände mittelalterlicher Holzobjekte zu inventarisieren. Sie bedankten sich und gingen schweigend zurück zum Bahnhof.

Der Bahnhof von Apatity liegt etwas außerhalb im Westen der Stadt, umgeben von Grünflächen, Wald, Wiesen. Hier ist Ljuba vor drei Jahren losgefahren, hier wird sie ihn abholen. Er ist über Istanbul nach St. Petersburg geflogen oder über Moskau nach Murmansk und von da mit dem Zug gefahren, zweiundzwanzig Stunden ziemlich gerade nach Norden oder dreieinhalb Stunden nach Süden. Er erinnert sich an Zugfahrten mit Brigitte durch Sibirien, altes Rollmaterial, die regelmäßigen Schläge der verschraubten Gleise, Waldlandschaften, die sich über Stunden, über Tage kaum veränderten, Zigaretten im Vorraum, die offene Tür nur mit einer Kette gesichert, gelegentliche Halte in kleinen Nestern mit Blockhäusern, an den Bahnhöfen alte Frauen, die Beeren, eingelegte Gurken und Kristallgläser verkauften.

Auf den Abstellgleisen stehen lange Reihen von

Containerwagen, auf den Satellitenbildern sind sie gut zu erkennen, auf einem Gleis sind es über fünfzig. Das Bahnhofsgebäude ist einstöckig, die Wände sind gelb gestrichen, die Bogenfenster weiß umrandet, das Dach mit roten Ziegeln gedeckt. Die Uhr zeigt sechs Minuten nach acht.

Der Name der Stadt kommt vom Apatit, sagt Ljuba, einer Gruppe von Mineralen. Sie zeigt ihm einen Anhänger mit einem schön geschliffenen hellblauen Stein, den sie an einem dünnen Lederband um den Hals trägt. Er betrachtet ihre Kehle, empfindet das übermächtige Verlangen, sie zu berühren, seinen Kopf auf Ljubas Schulter zu legen und ihre Haut, ihr Haar zu riechen.

Der Stein wirkt beruhigend auf die Seele, sagt Ljuba, er löst innere Blockaden und lässt uns neue Wege gehen. Außerdem hilft er uns, unsere eigene Stimme zu finden und unsere Wahrheit auszudrücken. Sie lächelt. Sie weiß, dass er das alles für Unsinn hält. Aber er sagt nichts. Ich werde Ihnen einen schenken, sagt sie.

In einem uralten Taxi fahren sie zum Hotel Amethyst. Als Ljuba mit dem Taxifahrer spricht, klingt ihre Stimme ganz anders, viel wärmer, fast zärtlich. Obwohl es ein beiläufiges Gespräch zu sein scheint, empfindet Rolf ein heftiges Gefühl der Eifersucht auf den Fahrer. Der scheint etwas zu erzählen, Ljuba lacht. Als der Fahrer vor dem Hotel den Koffer auslädt, tut er es mit einer Beflissenheit, die Rolf noch mehr gegen ihn aufbringt. Er fürchtet schon, Ljuba werde wieder ins Taxi steigen, aber sie sagt, sie gehe zu Fuß ins Büro, es sei ganz nah. Ruhen Sie sich ein wenig aus, sagt sie, Sie müssen erschöpft sein von der langen Reise. In zwei Stunden bin ich fertig im Büro, kommen Sie mich abholen. An der Rezeption wird man Ihnen den Weg erklären.

Der nächste Zug zurück würde erst in einer halben Stunde fahren. Sie schlenderten durch die Bahnhofsunterführung, als Ljuba den Wegweiser zum Fashion Outlet entdeckte und einfach weiterging, als wäre dies das wahre Ziel ihres Ausflugs. Gleich hinter dem Bahnhof stand eine Tafel mit einem Übersichtsplan und einer Liste mit wohl hundert Labels. Wenn wir schon hier sind, sagte sie und überflog die Liste.

Das Outlet war einer Einkaufsstraße mit kleinen Häuschen nachgebildet, jedes Gebäude sah ein wenig anders aus, trotzdem strahlte das Ganze eine Künstlichkeit aus, die Rolf zugleich faszinierte und abstieß. Es gab fast nur Mode- und Schuhgeschäfte, daneben einige mit Sportartikeln und Haushaltswaren, einen Schnellimbiss und ein Café. Von jetzt an ging Rolf immer ein paar Schritte hinter Ljuba her, während sie von einem Geschäft ins nächste steuerte und mit beeindruckender Geschwindigkeit die Kleiderständer durchging, ein Kleidungsstück nach dem anderen beiseiteschob, einen kurzen Blick auf das nächste warf, dann und wann ein Teil herausnahm, es vor sich hinhielt und sich im Spiegel betrachtete. Sie schien ihn völlig vergessen zu haben, er war gerade gut genug, die Taschen mit ihren Einkäufen zu tragen. Als er sie darauf hinwies, dass ihr Zug bald fahre, meinte sie nur, sie könnten ja den nächsten nehmen. Oder haben Sie es eilig?

Mit einer Verkäuferin in der Cosmetic Company führte sie ein längeres Gespräch über Feuchtigkeitscremes und UV-Filter. Sogar in ein Dessousgeschäft gingen sie, es war das einzige Mal, dass Ljuba Rolfs Meinung hören wollte. Die Kleider müssen mir gefallen, sagte sie, aber die Dessous dem Mann. Welchem Mann?, hätte er fast gefragt, aber dann nahm er das Spitzenhöschen, das sie ihm hinstreckte, zog ein bisschen daran herum und sagte, die Qualität scheine in Ordnung zu sein. Er versuchte, sie sich nicht darin vorzustellen. An der Kasse schaute die Verkäuferin Rolf erwartungsvoll an, Ljuba lächelte, zückte ihre Brieftasche und bezahlte ihre Einkäufe. Nach mehr als einer Stunde waren sie endlich am Ende der Einkaufsstraße angelangt, Rolf trug fünf Papiertüten mit den Logos internationaler Modelabels und war etwas erschöpft. Ljuba hingegen schien wie neu belebt von der Einkaufstour. Während sie zurück zum Bahnhof schlenderten, fragte sie, wie weit es von hier nach Carschenna sei. Eine Stunde mit dem Zug und dann noch einmal eine zu Fuß, sagte Rolf. Ljuba blieb stehen, schaute ihm in die Augen und sagte, gehen wir hin! Er hob die Taschen etwas in die Höhe. Und was machen wir damit?

Auf der Fahrt das Rheintal hoch zeigte Ljuba Rolf ein Büchlein, das er schon kannte und von dem er überhaupt nichts hielt. Er schlug es auf und las vor: Bevor die Menschen sprechen lernten, konnten sie singen. Was für ein Unsinn! Ich hoffe, Sie nehmen das nicht ernst. Ein Symbolforscher! Ljuba lächelte nur und steckte das Büchlein in die Tasche. Sie sagen das, als wäre es ein Schimpfwort.

Es war nach Mittag, und Rolf hatte seit dem Frühstück nichts gegessen. In Sils gab es nur ein Thai-Restaurant, und das hatte von zwei bis fünf geschlossen. Ljuba zuckte mit den Schultern, und sie gingen los, den Berg hinauf.

Das Eidgenössische Departement für auswärtige Angelegenheiten rät von Reisen nach Russland ab. Die Lage sei unberechenbar, die Entwicklung ungewiss, eine weitere Verschlechterung könne nicht ausgeschlossen werden. Für ausländische Reisende bestehe das Risiko, ohne erkennbaren Grund festgenommen, verhört und inhaftiert zu werden.

Es sei problemlos, nach Russland zu kommen,

hat die Frau vom Reisebüro in Apatity geschrieben, trotz der gegenwärtigen Situation. Die russischen Grenzen seien offen. Es ist wahr, hat sie geschrieben, es gibt keine Flüge von Europa aus, aber Leute fliegen über die Türkei nach Moskau, einige kommen mit ihren Privatwagen oder fliegen nach Polen oder Norwegen und nehmen von dort Busse nach Murmansk oder Kaliningrad.

Es muss ein Sonntag sein. Ljuba nimmt sich alle Zeit für Rolf. Sie hat keinen Mann, sie hat keinen Sohn. Sie fahren mit einem alten Lada Niva nach Umba, drei Stunden lang durch mal dichter, mal weniger dichtbewaldetes Gebiet. Manchmal kommen sie an einem See vorbei, oder sie kreuzen eine Schneise, die in den Wald geschlagen ist. Unterwegs müssen sie tanken, aber Ljuba will nicht, dass Rolf bezahlt. Dafür lädt er sie zum Kaffee ein in einem kleinen Imbiss in einer Wellblechhütte. Unterwegs reden sie nicht viel. Obwohl die Landschaft monoton ist, die Straße über viele Kilometer geradeaus führt, kann Rolf den Blick nicht von den vorbeiziehenden Birken und Kiefern nehmen.

Von Umba aus bringt sie ein Fahrer mit einem Sumpf-Buggy mit riesigen Reifen ein Stück weit den Fluss hoch, von wo es mit einem Schlauchboot mit Außenborder weitergeht. An manchen Stellen verengt sich der Fluss, und es gibt Stromschnellen, aber der Bootsführer scheint sich auszukennen und manövriert sicher zwischen den Felsen hindurch. Der Lärm des Außenbordmotors dröhnt in Rolfs Kopf und macht Reden unmöglich. Nur manchmal schaut Ljuba ihn an, blinzelt ihm zu oder verzieht den Mund, und er antwortet mit einer Geste, Daumen hoch, einem Kopfwiegen, ein Dialog ohne Worte.

Der Fluss mündet in den See, der so groß ist wie der Zürichsee, aber an seinen Ufern liegt kein einziges Dorf, keine Siedlung, kein Haus. Er ist umgeben von Wald. An manchen Stellen gibt es Sandstrände, an anderen ist das Ufer felsig. Früher gab es ein Dorf von Holzfällern hier, sagt Ljuba, das Holz wurde den Fluss hinunter verschifft, es gibt Fotos dieser Leute aus den sechziger Jahren, es muss ein hartes Leben gewesen sein. Über dem See sind hier und da Wolken, die die Sicht behindern. Die Insel liegt im nördlichen Teil des Sees. Der Bootsführer legt an. Ljuba und Rolf springen aus dem Boot. Ljuba hat ihre Schuhe ausgezogen, Rolf tut es ihr gleich. Die flachen Felsrücken, die vom Ufer hoch zum bewaldeten Inneren der Insel führen, sind warm von der Sonne. In zwei Stunden hole er sie wieder ab, hat der Bootsführer gesagt und ist langsam davongetuckert. Schon nach kurzer Zeit ist das Boot nicht mehr zu sehen und zu hören.

Die Insel ist nicht groß, vielleicht zweihundert

Meter lang, aber der Wald ist dicht, und es gibt keine Wege. Die Sami haben die Insel Băreninsel genannt, sagt Ljuba. Es sind die ersten Worte zwischen ihnen, seit sie aus dem Boot gestiegen sind. Glauben Sie, es gibt Bären hier?, fragt Rolf. Er fürchtet sich nicht, aber er möchte, dass die Insel nur Ljuba und ihm gehört. Die tiefstehende Sonne blendet sie.

Sie baden nackt im eiskalten Wasser. Sie legen sich zum Trocknen auf die warmen Felsen. Das war mit Brigitte in Schweden. Die langen Tage, dieses unglaubliche Licht, in dem die Dunkelheit des Winter geborgen war. Die zeitlosen Tage, das wortlose Glück.

Ljuba kommt von Ljubov, Liebe, sagte Ljuba. Sie ging vor ihm auf dem schmalen Pfad, der in Serpentinen den steilen, bewaldeten Hang hochführte. Sie ging schnell, schien nicht zu ermüden, er konnte kaum Schritt halten. Er kam sich idiotisch vor mit den Einkaufstüten, wenigstens war außer ihnen weit und breit kein Mensch zu sehen. Der Waldboden war feucht und rutschig, das Gelände wurde immer steiler. An einer Stelle führte der Weg durch eine Lücke in einem Felsband, und Ljuba hielt Rolf die Hand hin, um ihm hochzuhelfen, aber er nahm die Hilfe nicht an, und Ljuba eilte weiter. Ihre weißen Sneaker starrten vor Dreck, auch ihre Strümpfe und sogar ihre nackten Beine waren beschmutzt, aber das schien sie nicht zu kümmern.

Während Ljuba weiter oben auf Rolf wartete, berührte sie die organischen Formen des hellgrauen Kalksteins, lächelnd streichelte sie den Fels, als wäre er ein lebendiges Wesen, als spreche er zu ihr. Als Rolf sie erreichte, lachte sie auf und ging weiter. Über ihnen, am Kamm, leuchteten die Baumstämme im Sonnenlicht. Bald darauf traten sie aus dem Wald auf eine sanft abfallende Wiese.

Rolf kannte hier oben jeden Stein, er war lange nicht da gewesen, aber nichts hatte sich verändert. Der Ort erinnerte ihn an seine Zeit mit Brigitte, die ihn oft begleitet hatte. Ljuba hatte ihn im Zug gefragt, ob er verheiratet sei, aber er hatte nur mürrisch den Kopf geschüttelt und etwas Unverständliches gemurmelt. Er hatte keine Lust, darüber zu sprechen.

Sie müssen mich in Apatity besuchen, sagte Ljuba. Sie müssen im Sommer kommen, wenn es warm ist, im Juli oder August. Dann fahren wir zusammen an den Kanoserosee, und ich zeige Ihnen unsere Petroglyphen. Versprechen Sie es?

Der Weg führte dem Grat entlang nach Osten zu einem Aussichtspunkt, von dem aus man weit ins Tal hinunterblicken konnte auf Sils und Fürstenaubruck, wo die Albula in den Hinterrhein mündet, und nach Norden das Rheintal hinunter bis zu weit entfernten Bergen, deren Gipfel schon von Schnee bedeckt waren. Der Höchste ist der Ringelspitz, sagte Rolf, von dort aus sieht man bis in die Ötztaleralpen und bis zum Mont Blanc.

Ich habe mich immer gefragt, was die Menschen der Bronzezeit hier oben gesucht haben, sagte er. Die Täler waren damals bewaldet und nicht geheuer, es gab wilde Tiere, Wölfe und Bären, Wildschweine, vielleicht Wisente. Ljuba antwortete nicht. Seit sie hier oben waren, war sie still geworden, und ihr Gesicht hatte einen seltsam ernsten Ausdruck angenommen. Rolf führte sie die letzten hundert Meter zu den Petroglyphen. Direkt unter einer Hochspannungsleitung fanden sie die ersten Zeichnungen auf einem breiten, leicht gegen das Tal geneigten Felsband. Da, sagte Rolf und lehnte die Tragetaschen an einen Baum. Moos wuchs auf den Felsen, und sie waren von trockenem Laub und Fichtennadeln bedeckt. Ljuba sagte nichts. Sie zog Schuhe und Strümpfe aus. Rolf wunderte sich über ihre kräftigen Füße, die langen Zehen, es kam ihm vor, als würden sie von Ljuba abgetrennt, seltsam nackte, kopflose Wesen. Ljuba trat auf den Fels, vorsichtig, als würde sie ein gefrorenes Gewässer betreten, und prüfte bei jedem Schritt, ob das Eis sie trage. Dann kauerte sie sich nieder, wischte sachte die Blätter und Nadeln weg und fuhr mit einem Zeigefinger die Zeichnungen nach. Rolf betrachtete sie dabei. Sie hatte nichts mehr von der selbstsicheren, weltgewandten Frau, mit der er den ganzen Tag unterwegs gewesen war, sie wirkte fast wie ein Kind, das gedankenverloren ein Spiel spielt, dessen Regeln nur ihm selbst bekannt sind. Auch Rolf hatte sich nun über die Zeichnungen geneigt, aber er hatte den Fels nicht betreten. Er erschrak ein wenig über ihren Zustand, sie waren viel weniger deutlich zu sehen als vor zwanzig Jahren. Damals waren neue Felszeichnungen nordöstlich von hier bei Viaplana entdeckt worden, und Brigitte und er hatten viele Tage dort verbracht, um sie zu inventarisieren. Aber diese Zeichnungen würde er Ljuba nicht zeigen, er würde sie wie seine Erinnerungen für sich behalten. Seine Erinnerungen an Brigitte, an ihr Gesicht, ihren Körper, ihren Geruch, die langsam von der Zeit zernagt wurden wie der Stein, die, der Witterung des Alltags ausgesetzt, undeutlich wurden, bis sie schließlich nur noch aus toten Worten bestehen würden, aus Namen, Orten, Beteuerungen.

Es war ihm, als hätten sie die Zeichnungen zerstört, indem sie sie freigelegt, abgezeichnet, beschrieben hatten. Jahrtausendelang hatten sie unter einer dünnen Vegetationsschicht überdauert, aber einmal entdeckt zerfielen sie in wenigen Jahrzehnten. Was blieb, waren Erinnerungen, verstaubte Zeichnungen und Pläne in Archiven, die Abgüsse in einem verschlossenen Keller, die keine hundert Jahre halten würden.

Ich kann ihre Präsenz spüren, sagte Ljuba, die Präsenz der Menschen, die hier ihre Rituale feierten, die die Steine ritzten. Sie hatte sich aufgerichtet und stand breitbeinig auf dem Fels, wie angewurzelt, den Blick in den Himmel gerichtet. Welche Menschen, sagte Rolf, welche Rituale? Ich spüre nichts. Sie wollen nichts spüren, sagte Ljuba mit veränderter Stimme und lächelte ihn an. Warum? Tut es weh? Sie streckte eine Hand aus. Kommen Sie!

Ohne lange nachzudenken, zog Rolf seine Wanderschuhe und die wollenen Strümpfe aus und trat zu ihr auf den Fels. Als seine Füße den kühlen Stein berührten, erinnerte er sich, wie er mit Brigitte barfuß auf den Steinen herumgeklettert war, er spürte wieder ihre Schwere, ihre Verankerung in der Landschaft. Auch die Gerüche des Waldes nahm er jetzt deutlicher wahr und die Sonnenstrahlen auf seiner Haut, den leichten Wind, der durch seine Haare fuhr und seinen verschwitzten Nacken kühlte. Ljuba hatte ihn bei der Hand genommen. Sie mussten lächerlich aussehen, dachte Rolf, aber es sah sie ja keiner. Spüren Sie es?, fragte Ljuba mit ganz sanfter Stimme. Ich spüre nichts, sagte Rolf trotzig, aber er konnte nicht einmal sich selbst täuschen. Ljuba trat ganz dicht vor ihn, er konnte ihren Körper an seinem spüren. Sie umarmte ihn, er wunderte sich, wie kräftig ihre Arme waren. Sie sagte noch einmal, spüren Sie es?

Es ist fast windstill, die Luft ist kühl, aber die Sonne brennt auf der Haut. Es riecht nach Wald und stehendem Wasser. Manchmal hält Rolf mit dem Rudern inne, und das Boot gleitet lautlos weiter über das schwarze Wasser. Seit sie losgefahren sind, hat keiner ein Wort gesagt.

Sie legen im Osten der Insel an, wo flache Felsplatten das Ufer bilden. Ljuba hat ihre Schuhe im Boot ausgezogen und geht barfuß über die nackten Felsen. Rolf tut es ihr gleich. Haben sie Wasser dabei? Proviant? Schlafsäcke? Vielleicht sogar ein Zelt? Es ist einerlei.

Rolf zoomt heraus. Auf dem Monitor ist der ganze See zu sehen, Wald, andere Seen, Berge, das Weiße Meer und die Barentssee, Nowaja Semlja. In Apatity ist es noch immer sechs Minuten nach acht an einem Tag im August im Jahr 2021. Bei Roses Only stellt eine Frau mit geometrischen Tattoos einen Strauß Rosen zusammen. Ruslan sitzt im Dzhaga und genießt die gemütliche Atmosphäre. Im Historischen Museum schreibt Ljuba eine Mail, als wäre nichts geschehen, als geschehe nichts.

Wintern

So stelle ich mir das Rauschen des Meeres vor, ein graues Rauschen, das lauter wird und wieder leiser, aber nie ganz verstummt, ein Rauschen, das mich trägt, in das ich eintauchen kann, das mich erfüllt, bis ich es nicht mehr höre, weil ich Teil davon geworden bin. Ich springe hinein, ich schwimme, ohne irgendwohin zu gelangen. Das Rauschen ist überall. Ich drehe am Regler des alten Röhrenempfängers, es verändert sich. Irgendwo wechselnde Pfeiftöne von großer Reinheit, sind sie menschengemacht? Auf einer anderen Frequenz vielleicht Morsezeichen, atemberaubend schnell, es klingt, als sei die Botschaft von größter Dringlichkeit, aber ich kann sie nicht entziffern. Wieder Rauschen. Ich drehe am Regler. Rauschen. Und dann dringt eine verzerrte Stimme aus dem Monitor. Ein Mann, manchmal ist es auch eine Frau. Sie lesen Zahlengruppen herunter mit vollkommen gleichgültiger Stimme, sechs Zahlen nacheinander und dann dieselbe Gruppe noch einmal und dann die nächste. Sieben, Zwei, Fünef, Fünef, Drei, Sieben. Eine Zahlengruppe nach der anderen. Sieben, Zwei … Die Tonhöhe schwankt grotesk, es klingt ein bisschen wie Jodeln, als machten sie sich lustig über mich.

Es sind immer weniger Sender geworden über die Jahre, sie sind immer weiter entfernt, immer leiser, brüchiger, verzerrter. Afrikanische Länder, China vielleicht, Australien, Tasmanien, ein Ort auf der Südhalbkugel. Was will mir diese Stimme sagen? Dieser Mann, der irgendwo auf einem fernen Kontinent sitzt in seiner Bastion, so einsam wie ich, der seine Zahlengruppen verliest, geheime, verschlüsselte Botschaften. Ich schreibe die Zahlen mit, seit Monaten schreibe ich sie mit. Was willst du mir sagen? Ich versuche, die Stimme besser hereinzukriegen, mache feinste Justierbewegungen am Drehregler, reduziere die Bandbreite, plötzlich ist sie weg. Ein Rauschen in der Dunkelheit des Äthers. Da ist Musik, dünne Schwaden von Melodien wie aus weiter Ferne, so leise, dass ich nicht sicher bin, ob ich es mir nur einbilde. Dann bricht die Spannung zusammen, die Signale verstummen.

Bergdohlen umkreisen den Turm, ihre Schreie sind das einzige Geräusch in der Stille. Griig, griig! Nur manchmal ist aus dem Tal ein Knacken und Knallen und Grollen zu hören, das Kollern der Moränen, das Mahlen des Gletschers, der die Stadt langsam verschlingt, Meter um Meter, Haus um

Haus. Und dann ein Brechen und Dröhnen. Ich renne los. Vom Rand der Terrasse aus kann ich die ganze Stadt überblicken, das, was von ihr übrig geblieben ist. Die Geräusche sind verstummt, ich sehe nur noch Staub in der Luft vom Gebäude, das das Eis zum Einsturz gebracht hat. Das unschuldige Eis, das gewaltige Eis. Von allen Seiten kommt es auf mich zu. Bald werden die Gletscher aus dem Rhonetal und dem Val d'Anniviers sich unter dem Schloss vereinen, verschmelzen, ein kalter Liebesakt im Bett des Gletschersees.

Die Dohlen sind meine letzten Gefährten. Sogar im Winter kommen sie hoch, ich weiß nicht, was sie hier suchen. Mich vielleicht? Sie rufen im Flug nach mir, griig, griig! Komm mit! Komm mit! Aber ich muss bleiben. Sie sitzen auf den Steinsimsen, auf den Mauervorsprüngen, legen die Köpfe schief und schauen mich ein wenig mitleidig an mit ihren schwarzen Knopfaugen, ratlos wie ich selbst. Die Pfiffe der Murmeltiere habe ich seit Jahren nicht gehört und auch das Großwild, die Hirsche und Rehe und Gämsen, lassen sich längst nicht mehr blicken. Sie müssen talabwärts gewandert sein und die Jäger mit ihnen, die Luchse und Wölfe und Bären, die Menschen. Wie es dort jetzt wohl aussieht, wer dort wohl noch lebt, was noch wächst, wie weit das Eis schon reicht? Ich bin der Letzte hier. Ich bin nur hier, weil ich nicht weggegangen bin. Jemand muss doch bleiben. Ein Zeuge. Sonst wäre alles vergeblich.

Im Frühling und im Herbst ziehen die Zugvögel vorbei. Hoch über mir sehe ich sie. Tagelang kann ich meine Augen nicht vom Himmel nehmen aus Angst, sie zu verpassen. Es ist mir, als wäre alles verloren, wenn ich sie nicht sähe. Dann, eines Morgens oder Nachmittags, kommen sie, erst sind es nur Einzelne, kleinere Gruppen, dann der große Schwarm. Jedes Jahr ziehen sie später in den Norden und kommen früher zurück. Aber noch ziehen sie.

Zwischen den Bergen im Norden fließt das Eis herunter und aus dem Val d'Hérens im Westen, Sion muss es sich schon geholt haben, vom Turm aus ist die Stadt nicht zu sehen, aber als das Eis von Granges her das Tal hochkommt, weiß ich, dass sie verloren ist. Zwei oder drei Meter schieben sich die Gletscherzungen jeden Tag vor, ob Sommer oder Winter. Dazwischen haben sich Seen gebildet, die langsam ansteigen und die Landschaft und die Bauten verschlucken, die noch nicht vom Eis weggeschliffen und zugedeckt sind, kaltes, milchig grünes Wasser, Gletschermilch. Im Winter sind die Seen gefroren. Dann ist alles weiß, eine erhabene Landschaft unter einem wolkenlosen Himmel, an der ich mich nicht sattsehen kann.

Das Eis hat sich über Jahrzehnte aufgehäuft, Jahrzehnte, in denen es sehr viel geregnet und geschneit hat und das Leben hier immer schwieriger wurde. Die Gletscher wurden von Jahr zu Jahr mächtiger, dann erst fingen sie an zu fließen. Sie schoben sich die Täler herunter, deckten alles zu, Felsen und Alpwiesen, Wälder und Häuser und Ställe. Von allen Seiten nähern sich die mächtigen Eismassen dem Haupttal, fließen zugleich sanft und gewaltig die Täler herunter.

Ich sitze am Schreibtisch, vor mir die Tabellen mit meinen Messungen, meinen Berechnungen. Ich schaue auf die Zahlen, schaue aus dem Fenster, ich kann die beiden Welten nicht zusammenbringen, die reale und die berechnete. Wir haben geglaubt, wir könnten die Welt beherrschen, indem wir sie vermessen, sie berechnen, sie benennen. Aber wir sind nicht das Maß der Dinge.

An glücklichen Tagen bin ich mit allem im Reinen. Es ist stärker als wir, es war immer stärker als wir. Wir haben es gewusst, aber wir konnten es uns nicht vorstellen, konnten es nicht glauben. Uns bleibt nur Demut.

Als ich noch hätte weggehen können, bin ich geblieben, habe meine Beobachtungen gemacht, meine Messungen weitergeführt, auch als sich längst keiner mehr dafür interessierte. Ich führe die Tabellen nach, Temperaturen, Niederschläge, Sonnenscheindauer. Die Expeditionen aufs Eis sind immer schwieriger geworden und schließlich unmöglich, die Mächtigkeit und die Ausdehnung der Gletscher kann ich nur noch schätzen.

Es regnet seit Monaten zum ersten Mal. Windböen lassen den Regen gegen die Scheiben des Turmzimmers prasseln, er fällt so dicht, dass die Stadt kaum noch zu sehen ist. Als der Regen nachlässt, höre ich das Rauschen des Wassers in den Dachrinnen. Am Horizont schaut die Sonne unter den Wolken hervor.

Das Wasserreservoir etwas oberhalb der Orangerie ist mit einem schweren Metalldeckel verschlossen. Mühsam hebe ich ihn an. Das alte Betonbecken ist nur zur Hälfte gefüllt. Aus der Röhre tröpfelt Wasser, es versiegt, es gluckert, und ein Schluck Wasser schießt heraus, dann tröpfelt es wieder. Ende des Sommers muss das Reservoir gefüllt sein, sonst reicht das Wasser nicht über den Winter. Vor ein paar Jahren, als es sehr kalt war, fror das Reservoir ein, und ich musste wochenlang Schnee schmelzen. Glücklicherweise platzten die Leitungen nicht, und im Frühling begann das Wasser von neuem zu fließen.

Ich gehe alle Räume des Schlosses ab, um nach dem Rechten zu sehen. Sie sind voller Dinge und Nahrungsmittel, die ich gehortet habe, Zucker- und Mehlpackungen, Pasta, Dosengemüse und -früchte. Reissäcke, Alubeutel mit Kartoffelflocken, Fisch-

und Fleischkonserven. Manche Lebensmittel kann man fast beliebig lange aufbewahren, wenn sie kühl und trocken lagern. Zucker und Pasta, die meisten Getreide, Reis, Stärke, Konserven, Kaffee. Die Sachen werden nicht besser, aber sie bleiben genießbar. Ich führe genau Buch, mache alle paar Wochen Inventar. Jede Packung Reis, jede Konservendose heißt einen Tag überleben. Das Schloss ist übervoll und wirkt doch bedrückend leer.

Ich zähle die Tage, die Wochen, die Jahre, auch wenn sie keine Rolle mehr spielen. Die Zeit hat jedes Maß verloren. Ich lebe von Tag zu Tag. Die großen Niederschläge sind vorbei, die Erdrutsche und Geröllawinen, die Überschwemmungen. Alles hat sich beruhigt. Die Vegetation hat sich verändert, das Gras wächst kaum noch, die Bäume sind erfroren. Es gibt Moose und Flechten, niedriges Buschwerk, Preiselbeeren, Blau- und Krähenbeeren. Es gibt ganze Felder von Bärlapp, in feuchten Senken wächst Wollgras. Wenn es geregnet hat, schießen Pilze aus dem Boden wie nie zuvor. Im Winter verfärbt sich der Schnee an manchen Stellen rot von Algen, Blutschnee.

Die anderen sind einfach weggegangen, erst einer nach dem anderen, dann der ganze Rest. Ein paar wenige haben noch einige Jahre durchgehalten, Abenteurer, Alte, Querulanten, bis auch sie gegangen oder gestorben sind. Ich hatte den Auftrag, das

Eis zu beobachten, zu dokumentieren. Ich nistete mich im Schloss ein, kaum waren die früheren Bewohner fortgegangen. Es steht auf einer Anhöhe über der Stadt, geschützt vor Erdrutschen und Wassereinbrüchen. Jetzt fühle ich mich wie der Herrscher des Tals, auch wenn außer mir niemand mehr hier lebt.

Die Besitzer hatten alles dagelassen, Möbel, Bücher, sogar Lebensmittel standen noch im Kühlschrank, der nicht mehr lief, weil es kaum noch Strom gab. Ich legte ein immer größeres Lager an, trug zusammen, was andere zurückgelassen hatten. Es war wie ein Rausch. Vor allem auf haltbare Lebensmittel hatte ich es abgesehen, auf Medikamente, Brennstoff, Wein, Tabak. Auf Werkzeug auch und auf Kleider und Batterien. Und auf Bücher. Ich häufte die Sachen an, stapelte die Vorräte sortiert nach Art und Haltbarkeit der Produkte.

Regelmäßig schickte ich meine Berichte und Messungen an meine Kolleginnen und Kollegen. Anfangs antworteten sie noch, bedankten sich für die Daten, schickten mir ihre Vorhersagen und Berichte über das Leben im Unterland. Dann meldeten sie sich immer seltener und nur noch auf meine Nachfragen. Sind die Daten angekommen? Gibt es neue Prognosen? Wie geht es euch? Leute, mit denen ich jahrelang korrespondiert hatte, waren plötzlich verschwunden, ausgewandert hieß es oder entlassen. Dann kamen nur noch automatisierte Abwesenheitsmeldungen und schließlich gar nichts mehr, das Netz schien zusammengebrochen zu sein. Die Stromversorgung war inzwischen ohnehin nur noch rudimentär, ein Solarmodul nach dem anderen war ausgestiegen, vielleicht wegen der großen Kälte im Winter.

Ich gehe durch die Straßen. Ich bewege mich anders als früher, vorsichtig tastend, immer aufmerksam, alarmiert. Ich bin auf der Hut wie die Tiere, wenn mir etwas geschieht, kann ich mir nur selber helfen. Es gibt Gefahren genug, ich darf mir nicht auch noch selbst zur Gefahr werden.

Hier oben auf dem Hügel ist die Stadt noch weitgehend unversehrt, nur die Bäume in den Gärten sind abgestorben und stehen da als kahle verdorrte Gerippe oder sind umgefallen und liegen kreuz und quer auf den Grundstücken und auf den Straßen. Die Dächer mancher Häuser sind eingebrochen, sonst könnte man meinen, die Zeit sei stillgestanden. In den Rebbergen stehen noch die Reihen von Pfählen, sie haben etwas Beruhigendes. Selbst die toten Rebstöcke kann man noch erkennen, knorrige Gewächse, die vor Jahren erfroren sind. Früher war das Tal berühmt für seinen Wein, für seine Aprikosen. In den Sommern wehten heiße Winde hier, in den Nächten zirpten die Grillen so laut, dass man kaum schlafen konnte.

Das große Warenhaus steht halb im Gletschersee, nur der hintere Eingang ist noch zugänglich. Die Sonne scheint, aber in der Ruine ist es eisig kalt. Ich klettere die Rolltreppen hoch, die seit Jahrzehnten nicht mehr in Betrieb sind. Deckenelemente liegen auf dem Boden, Metallgitter, zerborstene Leuchtstoffröhren. Ich pflüge durch den Schutt. An einigen Ständern hängen einzelne Kleidungsstücke, die aus unerfindlichen Gründen zurückgelassen wurden. Soldes, steht auf einem Schild, Ausverkauf. Es ist alles vergeblich.

Meine Erinnerungen scheinen nichts mit dieser Welt zu tun zu haben, in der ich jetzt lebe, in der ich esse und schlafe, lese und durch die verlassene Landschaft wandere. Sterben könnte ich, das wäre das Einfachste. Aber warum? Warum nicht weiterleben? Ich bin nicht allein, ich bin der Einzige. Ich empfinde keinen Mangel. Ich fürchte nichts, nicht das Wasser, nicht das Eis oder die Felsen. Meine Welt ist nicht groß, und sie wird immer kleiner, aber mir fehlt nichts. Allein sein ist wie nicht sein. Ich muss nicht mehr kämpfen, ich bin ein Teil geworden von der Welt, die mich umgibt, als sei ich allein die ganze Welt oder gar nichts. Es ist ein Gefühl der Ruhe und des Vertrauens. Mir kann nichts geschehen. Ob ich verhungere, verdurste, an einer Krankheit sterbe oder mich so schwer verletze, dass ich nicht mehr für mich sorgen kann, es spielt keine

Rolle. Niemand wird mich vermissen, am wenigsten ich mich selbst. Ob das Eis kommt oder ob es sich zurückzieht, es ist einerlei.

Ich bin früh aufgewacht. Ich stehe am Fenster des Turmzimmers, es dämmert. Der Himmel ist wolkenverhangen. Ich schaue hinüber zum Talausgang des Val d'Anniviers und sehe die Gletscherzunge, die das ganze Tal ausfüllt und über dem Haupttal hängt, schmutziges, zerklüftetes Eis, das bald abbrechen wird. Aber die Szenerie hat nichts Bedrohliches, im Gegenteil. Es ist, als spürte ich den Atem der Zeit, wie den kalten Wind, der immer von den Gletschern her weht, den Atem einer viel größeren Zeit als unserer, in der Tage, Monate, Jahre keine Bedeutung haben. Einer Zeit der Äonen. Das Eis wird kommen und gehen, es wird Wälder und Städte bedecken und irgendwann das Land wieder freigeben. Die Tiere werden zurückkommen, vielleicht die Menschen. Sie werden die Tage wieder zählen. Die Wälder werden wachsen, und neue Städte werden entstehen auf dem Schutt der alten.

Wenn die Sonne am Mittag am höchsten steht, habe ich ein wenig Strom. Ich sitze am Empfänger, suche die Frequenzen ab. Ganz leise eine Stimme, Zahlengruppen, Sieben, Drei … Ich habe aufgehört, sie niederzuschreiben. Ich drehe am Regler, höre leise Musik, es ist dieselbe Melodie, die ich schon vor Tagen, die ich schon oft gehört habe. Erst jetzt erkenne ich sie, *La Mer* von Charles Trenet. Ich habe das Meer nie gesehen.

Ich gehe durch das Schloss, zähle meine Vorräte. Ich überprüfe die Fenster, das Dach. Alles dicht. Der Keller ist trocken. Ich trage Holz aus der Scheune in die Bibliothek, staple es neben dem Kamin auf. Ich kehre die Asche zusammen. Nach dem Regen ist das Reservoir nun zu drei Vierteln gefüllt, ich muss mir wohl keine Sorgen machen. Der Winter kann kommen. Ich lese die Messgeräte ab, trage die Werte in meine Tabellen ein. Ich vergleiche sie mit jenen der vergangenen Jahre, aber ich kann keine Tendenz ausmachen. Die Schwankungen ergeben kein eindeutiges Bild.

Am Abend bin ich in der Bibliothek, im Kamin brennt das Feuer. Ich stehe vor einem der Regale, in dem ganze Reihen von Büchern mit den gleichen Einbänden stehen, dunkelgrünen, dunkelblauen, braunen mit goldgeprägten Autorennamen und Titeln, Namen, die ich noch nie gehört habe, das meiste französisch. Unter den neueren Büchern ist viel Lokales, Bücher über die Flora und Fauna der Gegend, über die Geologie und die Meteorologie, Tourenführer, auch Bildbände, Walliser Trachten, Walliser Brauchtum. Einige Dissertationen zur Klimatologie, abgestoßene Broschuren in matten Farben. Ich ziehe irgendein Buch heraus. Ich sitze in einem der Ohrensessel, das Buch im Schoß, das Licht ist zu schwach zum Lesen. Ich trinke ein Glas Wein und schaue ins Feuer. Als das Feuer zur Glut heruntergebrannt ist, gehe ich ins Bett.

Tagelang geht mir die Melodie nicht aus dem Kopf. Das Meer, ich stelle es mir vor, Bilder aus Büchern, aus Erzählungen, der silberne Schimmer, die wechselnden Reflexe, diese weißen Vögel. Ich träume vom Meer, einem uferlosen Meer, einem Wasserkörper mächtiger als jeder Gletscher.

Vielleicht bin ich nur hier geblieben, weil ich nicht wusste, wohin. Aber wer weiß das schon. Ich muss diesen Ort aufgeben, die trügerische Sicherheit. Ich muss mich bewegen wie die Tiere, die nie stillstehen, wie die Zugvögel, wie das Rot- und das Schwarzwild, die das Tal verlassen haben. Das war es, was mir die Bergdohlen zuriefen: Komm mit! Komm mit! Das war die geheime Botschaft im Äther: Beweg dich. Die Welt dreht sich weiter. Die Menschen haben sich immer bewegt. Sie waren schon vor den Eiszeiten hier, als es kalt wurde, sind sie gegangen, haben sich wärmere Gebiete gesucht und neu angefangen. Menschen haben keine Wurzeln, sie haben Beine.

Ich schlafe nicht gut. Mitten in der Nacht wache ich auf. Der Wind tost um den Turm. Aus dem Tal kommt ein Dröhnen, morgen werde ich sehen, welches Gebäude eingestürzt ist, vielleicht die Kantonalbank oder die katholische Kirche. Es fällt mir schwer, wieder einzuschlafen. So geht das eine Woche lang. Ich schlafe kaum noch. Die Melodie geht mir im Kopf herum, sie wird lauter und leiser wie Ebbe und Flut. Tagsüber studiere ich Landkarten, ohne mir recht bewusst zu sein, zu welchem Zweck. Ich folge mit dem Finger dem Lauf der Rhone hinunter zum Léman und danach weiter nach Südwesten, vorbei an Lyon, dann nach Süden, nach Valence, Avignon, Arles, durch die Provence, vorbei an Salzteichen und hinaus ins offene Meer.

Und dann, eines frühen Morgens, gehe ich los mit leichtem Gepäck, warmen Kleidern, Schlaf- und Biwaksack und Essen für ein paar Tage. Sechshundert Kilometer sind es bis zum Meer, vielleicht sind sie in einem Monat zu schaffen, wenn die Wege nicht zu schwierig sind. Das Eis bei Sion werde ich hoch an den Hängen umgehen, weiter unten im Tal rechne ich mit keiner Vergletscherung mehr.

Ich gehe durch die abgestorbenen Rebberge. Es ist kalt. Unter mir liegt die Gletscherzunge von Spalten durchbrochen und voller Geröll und Felsbrocken, die sie das Tal hochträgt. Vor dem Eis sehe ich Überreste der Autobahn, etwas weiter gegen die Stadt verschwindet sie im Gletschersee. Ich schaue zurück zum Schloss auf seinem Felshügel. Von hier aus sieht es klein aus und verletzlich in der gewaltigen Landschaft. Dann kommt die Sonne hinter den Bergen hervor, der Himmel ist wolkenlos, ein guter Tag, um aufzubrechen. Ich wende mich nach Westen und lasse alles hinter mir.